EL KYBALIÓN DE HERMES TRISMEGISTO

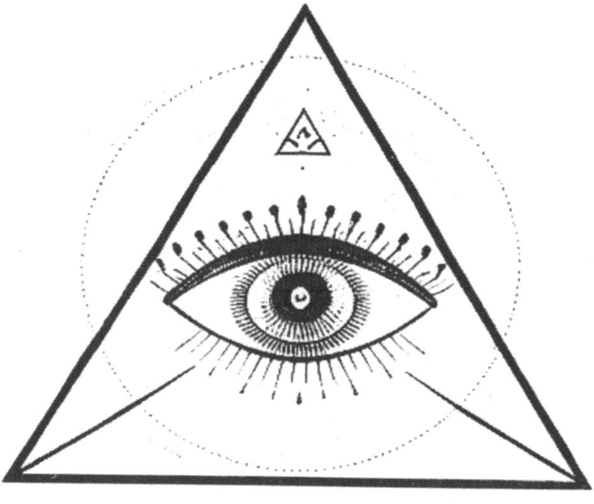

TRES INICIADÓS

Publicado por **PAGES PLANET PUBLISHING**
Correo electrónico: pagesplanetpublishing@gmail.com

Para más información o consultas, contacte con la editorial a través del correo electrónico indicado anteriormente.
Publicado por primera vez por Pages Planet Publishing en 2025

PAGES PLANET PUBLISHING

Contents

Introducción

Mucho placer nos causa el poder presentar este trabajo a la atención de los estudiantes e investigadores de las Doctrinas Secretas, obra que está basada en las antiquísimas enseñanzas herméticas. Se ha escrito tan poca cosa sobre este asunto, a pesar de las innumerables referencias que se han hecho de estas enseñanzas en muchos de los trabajos sobre ocultismo, que los investigadores de las verdades arcanas habrán, sin dudas, presentido la aparición de este libro.

El propósito de éste no es la enunciación de una filosofía o doctrina especial, sino más bien el de dar al estudiante una exégesis de la verdad, que le sirva para conciliar los muchos tópicos de los conocimientos ocultos que puede ya haber adquirido, pero que, aparentemente, son contradictorios y paradójicos, lo que a menudo desanima y disgusta al principiante. Nuestro intento no es el de erigir un nuevo templo de sabiduría, sino el de colocar en manos del investigador una clave maestra con la cual pueda abrir las numerosas puertas internas que conducen al Templo del Misterio.

Ningún conocimiento oculto ha sido tan celosamente guardado como los fragmentos de las enseñanzas herméticas, los que han llegado hasta nosotros a través de las centurias transcurridas desde los tiempos del Gran Fundador, Hermes Trismegisto, "el elegido de los dioses", quien murió en el antiguo Egipto, cuando la raza actual estaba en su infancia.

Contemporáneo de Abraham, y, si la leyenda no miente, instructor de aquel venerable sabio, Hermes fue y es el Gran Sol Central del Ocultismo, cuyos rayos han iluminado todos los conocimientos que han sido impartidos desde entonces. Todas las bases fundamentales de las enseñanzas esotéricas que en cualquier tiempo han sido impartidas a la raza son originarias, en esencia, de las formuladas por Hermes. Aun las más antiguas doctrinas de la India han tenido su fuente en las enseñanzas herméticas.

Desde la tierra del Ganges muchos ocultistas avanzados se dirigieron hacia el Egipto para postrarse a los pies del Maestro. De él obtuvieron la clave maestra, que, al par que explicaba, reconciliaba sus diferentes puntos de vista, estableciéndose así firmemente la Doctrina Secreta. De todas partes del globo vinieron discípulos y neófitos que miraban a Hermes como el Maestro de los Maestros, y su influencia fue tan grande que, a pesar de las negativas de los centenares de instructores que había en los diferentes países, se puede fácilmente encontrar en las enseñanzas de estos últimos las bases fundamentales en las que se asentaban las doctrinas herméticas. El estudiante de religiones comparadas puede fácilmente percibir la influencia tan grande que las enseñanzas herméticas han ejercido en todas las religiones, sea cual fuere el nombre con que se les conozca ahora, bien en las religiones muertas o bien en las actualmente existentes. La analogía salta a la vista, a pesar de los puntos aparentemente contradictorios, y las enseñanzas herméticas son como un conciliador de ellas.

La obra de Hermes parece haberse dirigido en el sentido de sembrar la gran verdad que se ha desarrollado y germinado en tantas y tan extrañas formas, más bien que en el de establecer una escuela de la filosofía que dominara el pensamiento del mundo. Sin embargo, la verdad original enseñada por él ha sido guardada intacta, en su pureza primitiva, por un reducido número de hombres en cada época, los cuales, rehusando gran número de aficionados y de estudiantes poco desarrollados, siguieron el proceder hermético y reservaron su conocimiento para los pocos que estaban prontos para comprenderlo y dominarlo. De los labios a los oídos fue transmitido este conocimiento entre esos pocos. Siempre han existido en cada generación y en los diversos países de la tierra algunos iniciados que conservaron viva la sagrada llama de las enseñanzas herméticas, y que siempre han deseado emplear sus lámparas para encender las lámparas menores de los del mundo profano, cuando la luz de la verdad languidecía y se anublaba por su negligencia, o cuando su pabilo se ensuciaba con materias extrañas. Han existido siempre los pocos que cuidaron el altar de la verdad, sobre el cual conservaron siempre ardiendo la lámpara perpetua de la Sabiduría. Esos hombres dedicaron su vida a esa labor de amor que el poeta describiera en estas líneas:

"¡Oh, no dejes extinguirse la llama! Sustentada por generación tras generación en su oscura caverna —en sus templos sagrados sustentada.

Nutrida por puros sacerdotes de amor— ¡no dejes extinguirse la llama!"

Estos hombres no buscaron nunca ni la aprobación popular ni acaparar gran número de prosélitos. Son indiferentes a esas cosas, pues saben de sobra cuán pocos hay en cada generación, capaces de recibir la verdad,

o de reconocerla si se les presentara. Ellos "reservan la carne para los hombres", mientras que los demás "dan leche a los niños", conservan sus perlas de sabiduría para los pocos elegidos capaces de apreciar su valor y de llevarlas en sus coronas, en vez de echárselas a los cerdos que las mancillarían y pisotearían en el cieno de sus chiqueros. Mas estos hombres no han olvidado aún los preceptos de Hermes respecto a la transmisión de estas enseñanzas a los que estén preparados para recibirlas, acerca de lo cual dice *El Kybalion*: "Dondequiera que estén las huellas del Maestro, allí, los oídos del que está pronto para recibir sus enseñanzas se abren de par en par". Y además: "Cuando el oído es capaz de oír, entonces vienen los labios que han de llenarlos con sabiduría". Pero su actitud habitual ha estado siempre estrictamente de acuerdo con otro aforismo, de *El Kybalion* también, que dice que "los labios de la Sabiduría permanecen cerrados, excepto para el oído capaz de comprender."

Y esos oídos incapaces de comprender son los que han criticado esta actitud de los hermetistas y los que se han lamentado públicamente de que aquellos no hayan expresado nunca claramente el verdadero espíritu de sus enseñanzas, sin reservas ni reticencias. Pero una mirada retrospectiva en las páginas de la historia demostrará la sabiduría de los maestros, quienes conocían la locura que era intentar enseñar al mundo lo que éste no deseaba ni estaba preparado para recibir. Los hermetistas nunca han deseado ser mártires, sino que, por el contrario, han permanecido retirados, silenciosos y sonrientes ante los esfuerzos de algunos que se imaginaban, en su ardiente entusiasmo, que podían forzar a una raza de bárbaros a admitir verdades que sólo pueden comprender los que han avanzado mucho en el Sendero.

El espíritu de persecución no ha muerto aún en la tierra. Hay ciertas enseñanzas herméticas que, si se divulgaran, atraerían sobre sus divulgadores un griterío de odio y el desprecio de las multitudes, las que volverían a gritar de nuevo: ¡Crucificadlo!... ¡Crucificadlo!...

En esta obrita hemos tratado de daros una idea de las enseñanzas fundamentales de *El Kybalion*, indicando todo cuanto se refiere a los principios actuales, dejándoos el trabajo de estudiarlos, más bien que el de tratarlos nosotros mismos en detalle. Si sois verdaderos estudiantes o discípulos, comprenderéis y podréis aplicar estos principios; si no, debéis desarrollarlos, pues de otra manera las enseñanzas herméticas no serán para vosotros sino "palabras, palabras, palabras".

Capítulo I

La filosofía hermética

"Los labios de la sabiduría permanecen cerrados, excepto para el oído capaz de comprender."

El Kybalion.

Desde el antiguo Egipto han venido las enseñanzas fundamentales y secretas que tan fuertemente han influido en los sistemas filosóficos de todas las razas y de todos los pueblos, durante centurias enteras. El Egipto, la patria de las pirámides y de la Esfinge, fue la cuna de la Sabiduría Secreta y de las doctrinas místicas. Todas las naciones han sacado las suyas de sus doctrinas esotéricas, La India, Persia, Caldea, Medea, China, Japón, Asiria, la antigua Grecia y Roma, y otros no menos importantes países, se aprovecharon libremente de las doctrinas formuladas por los hierofantes y Maestros de la tierra de Isis, conocimientos que sólo eran transmitidos a los que estaban preparados para participar de lo oculto.

Fue también en el antiguo Egipto donde vivieron los tan grandes adeptos y Maestros que nadie después ha sobrepasado, y que rara vez han sido igualados en las centurias que han transcurrido desde los tiempos del Gran Hermes. El Egipto fue la residencia de la Gran Logia de las fraternidades místicas. Por las puertas de su templo entraron todos los neófitos que, convertidos más tarde en Adeptos, Hierofantes y Maestros, se repartieron por todas partes, llevando consigo el precioso conocimiento que poseían y deseando hacer partícipe de él a todo aquel que estuviera preparado para recibirlo. Ningún estudiante de ocultismo puede dejar de reconocer la gran deuda que tiene contraída con aquellos venerables Maestros de Egipto.

Pero entre esos grandes maestros existió uno al que los demás proclamaron "el Maestro de los Maestros". Este hombre, si es que puede llamarse "hombre" a un ser semejante, vivió en Egipto en la más remota antigüedad y fue reconocido bajo el nombre de Hermes Trismegisto.

Fue el padre de la sabiduría, el fundador de la astrología, el descubridor de la alquimia. Los detalles de su vida se han perdido para la historia, debido al inmenso espacio de tiempo transcurrido desde entonces. La

fecha de su nacimiento en Egipto, en su última encarnación en este planeta, no se conoce ahora, pero se ha dicho que fue contemporáneo de las más antiguas dinastías de Egipto, mucho antes de Moisés. Las autoridades en la materia lo creen contemporáneo de Abraham, y en alguna de las tradiciones judías se llega a afirmar que Abraham obtuvo muchos de los conocimientos que poseía del mismo Hermes.

Después de haber transcurrido muchos años desde su muerte (la tradición afirma que vivió trescientos años), los egipcios lo deificaron e hicieron de él uno de sus dioses, bajo el nombre de Thoth. Años después los griegos hicieron también de él otro de sus dioses y lo llamaron

"Hermes, el dios de la sabiduría". Tanto los griegos como los egipcios reverenciaron su memoria durante centurias enteras, denominándole el "inspirado de los dioses", y añadiéndole su antiguo nombre

"Trismegisto", que significa "tres veces grande". Todos estos antiguos países lo adoraron, y su nombre era sinónimo de "fuente de sabiduría".

Aun en nuestros días usamos el término "hermético" en el sentido de

"secreto", "reservado", etc., y esto es debido a que los hermetistas habían siempre observado rigurosamente el secreto de sus enseñanzas.

Si bien entonces no se conocía aquello de "no echar perlas a los cerdos", ellos siguieron su norma de conducta especial que les indicaba "dar leche a los niños y carne a los hombres", cuyas máximas son familiares a todos los lectores de las escrituras bíblicas, máximas que, por otra parte, habían sido ya usadas muchos siglos antes de la Era Cristiana.

Y esta política de diseminar cuidadosamente la verdad ha caracterizado siempre a los hermetistas, aun en nuestros días. Las enseñanzas herméticas se encuentran en todos los países y en todas las religiones, pero nunca identificada con un país en particular ni con secta religiosa alguna. Esto es debido a la prédica que los antiguos instructores hicieron para evitar que la Doctrina Secreta se cristalizara en un credo. La sabiduría de esta medida salta a la vista de todos los estudiantes de historia. El antiguo ocultismo de la India y la Persia degeneró y se perdieron sus conocimientos, debido a que los instructores se habían convertido en sacerdotes y mezclaron la teología con la filosofía, siendo su inmediata consecuencia que perdieron toda su sabiduría, la que acabó por transformarse en una cantidad inmensa de supersticiones religiosas, cultos, credos y dioses. Lo mismo pasó con las enseñanzas herméticas de los gnósticos cristianos, enseñanzas que se perdieron por el tiempo de Constantino, quien mancilló la filosofía mezclándola con la teología, y la

iglesia cristiana perdió entonces su verdadera esencia y espíritu, viéndose obligada a andar a ciegas durante varios siglos, sin que hasta ahora haya encontrado su camino, observándose actualmente que la iglesia cristiana está luchando nuevamente por aproximarse a sus antiguas enseñanzas místicas.

Pero siempre han existido unas cuantas almas que han conservado viva la llama, alimentándola cuidadosamente y no permitiendo que se extinguiera su luz. Y gracias a esos firmes corazones y a esas mentes de extraordinario desarrollo tenemos aún la verdad con nosotros. Mas no se encuentra en los libros. Ella ha sido transmitida del Maestro al discípulo, del iniciado al neófito, de los labios a los oídos. Si alguna vez se ha escrito algo sobre ella, su significado ha sido cuidadosamente velado con términos de astrología y alquimia, de tal manera que sólo los que poseían la clave podían leerlo correctamente. Esto se hizo necesario a fin de evitar las persecuciones de los teólogos de la Edad Media, quienes luchaban contra la Doctrina Secreta a sangre y fuego. Aun en nuestros días nos es dable encontrar algunos libros valiosos de filosofía Hermética, pero la mayor parte se ha perdido. Sin embargo, la Filosofía Hermética es la única clave maestra que puede abrir las puertas a todas las enseñanzas ocultas.

En los primeros tiempos existió una compilación de ciertas doctrinas herméticas que eran las bases fundamentales de toda la Doctrina Secreta, y que habían sido, hasta entonces, transmitidas del instructor al estudiante, compilación que fue conocida bajo el nombre de *El Kybalion*, cuyo exacto significado se perdió durante centenares de años. Sin embargo, algunos que han recibido sus máximas de los labios a los oídos las comprenden y las conocen. Sus preceptos no habían sido escritos nunca hasta ahora. Son, simplemente, una serie de máximas y axiomas que luego eran explicados y ampliados por los Iniciados. Estas enseñanzas constituyen realmente los principios básicos de la "alquimia hermética", la que, contrariamente a lo que se cree, está basada en el dominio de las fuerzas mentales, más bien que en el de los elementos materiales; en la transmutación de una clase de vibraciones mentales en otras, más bien que en el cambio de una clase de metal en otro. La leyenda acerca de la piedra filosofal, que convertía todos los metales en oro, era una alegoría relativa a la Filosofía Hermética, alegoría que era perfectamente comprendida por todos los discípulos del verdadero hermetismo.

En esta obrita invitamos a nuestros estudiantes a examinar las enseñanzas herméticas, tal como fueron expuestas en *El Kybalion*, explicadas y ampliadas por nosotros, humildes estudiantes de las mismas, que si bien llevamos el título de iniciados somos, sin embargo, simples discípulos a los pies de Hermes, el Maestro. Transcribimos aquí muchas de las máximas y preceptos de *El Kybalion*, acompañadas por explicaciones y comentarios que creemos ayudarán a hacer más fácilmente comprensible esas enseñanzas por los hombres modernos, especialmente teniendo en cuenta que el texto original ha sido velado a propósito con términos obscuros y desconcertantes.

Las máximas originales, axiomas y preceptos de *El Kybalion* están impresos con otro tipo de letra. Esperamos que los lectores de esta obra sacarán tanto provecho del estudio de sus páginas como lo han sacado otros que han pasado antes por el mismo sendero que conduce a la maestría desde los tiempos de Hermes Trismegisto, el Maestro de los Maestros, el Tres veces Grande, hasta ahora.

Dice El Kybalion:

"Donde quiera que estén las huellas del Maestro, allí los oídos del que está pronto para recibir sus enseñanzas se abren de par en par."

"Cuando el oído es capaz de oír, entonces vienen los labios que han de llenarlos con sabiduría."

De manera que, de acuerdo con lo indicado, este libro sólo atraerá la atención de los que están preparados para recibirlo. Y recíprocamente, cuando el estudiante esté preparado para recibir la verdad, entonces este libro llegará a él. El principio hermético de causa y efecto, en su aspecto de "ley de atracción", llevará los oídos junto a los labios y el libro junto al discípulo.

Capítulo II

Los siete principios herméticos

"Los principios de la verdad son siete: el que comprende esto perfectamente, posee la clave mágica ante la cual todas las puertas del Templo se abrirán de par en par."

El Kybalion

Los siete principios sobre los que se basa toda la Filosofía Hermética son los siguientes:

1. EL PRINCIPIO DE MENTALISMO.
2. EL PRINCIPIO DE CORRESPONDENCIA.
3. EL PRINCIPIO DE VIBRACIÓN.
4. EL PRINCIPIO DE POLARIDAD.
5. EL PRINCIPIO DEL RITMO.
6. EL PRINCIPIO DE CAUSA Y EFECTO.
7. EL PRINCIPIO DE GENERACIÓN.

1. El principio de mentalismo

"El TODO es Mente; el universo es mental."

El Kybalion.

Este principio encierra la verdad de que "todo es mente". Explica que el TODO, que es la realidad sustancial que se oculta detrás de todas las manifestaciones y apariencias que conocemos bajo los nombres de "universo material", "fenómenos de la vida",

"materia", "energía", etc., y en una palabra, todo cuanto es sensible a nuestros sentidos materiales, es espíritu, quien en sí mismo es incognoscible e indefinible, pero que puede ser considerado como una mente infinita, universal y viviente. Explica también que todo el mundo fenomenal o universo es una creación mental del TODO en cuya mente vivimos, nos movemos y tenemos nuestro ser. Este principio, al establecer la naturaleza mental del universo, explica fácilmente los varios fenómenos mentales y psíquicos que tanto han preocupado la atención del público, y que

sin tal explicación no son comprensibles y desafían toda hipótesis científica. La comprensión de este principio hermético de mentalismo habilita al individuo a realizar y conocer la ley que rige el universo mental, aplicándola a su bienestar y desarrollo. El estudiante de la Filosofía Hermética puede emplear

conscientemente las grandes leyes mentales, en vez de usarlas por casualidad o ser usado por ellas. Con la clave maestra en su poder, el discípulo puede abrir las puertas del templo del conocimiento mental y psíquico y entrar en el mismo, libre e inteligentemente. Este principio explica la verdadera naturaleza de la energía, de la fuerza y de la materia, y el cómo y el porqué todas estas están subordinadas al dominio de la mente. Uno de los antiguos Maestros escribió largo tiempo ha: "El que comprenda la verdad de que el universo es mental, está muy avanzado en el sendero de la maestría". Y estas palabras son tan verdad hoy en día como lo eran cuando fueron escritas. Sin esta clave maestra la maestría es imposible, y el estudiante que no la posea, en vano llamará a la puerta del Templo.

2. El principio de correspondencia

"Como es arriba, es abajo; como es abajo, es arriba."

El Kybalion.

Este principio encierra la verdad de que hay siempre una cierta correspondencia entre las leyes y los fenómenos de los varios estados del ser y de la vida, y el antiquísimo axioma hermético se refiere precisamente a esto, y afirma: "Como es arriba, es abajo; como es abajo, es arriba", y la comprensión de este principio da una clave para resolver muchos de los más obscuros problemas y paradojas de los misteriosos secretos de la Naturaleza. Hay muchos planos que no conocemos, pero cuando aplicamos esa ley de correspondencia a ellos, mucho de lo que de otra manera nos sería incomprensible se hace claro a nuestra conciencia. Este principio es de aplicación universal en los diversos planos, mental, material o espiritual del Kosmos: es una ley universal. Los antiguos

hermetistas consideraban este principio como uno de los más importantes auxiliares de la mente, por cuyo intermedio se puede descorrer el velo que oculta lo desconocido a nuestra vida. Su aplicación puede desgarrar un tanto el Velo de Isis, de tal manera que nos permita ver, aunque más no sea, algunos de los rasgos de la diosa. De igual manera que el comprender los principios de la geometría habilita al hombre para medir el diámetro, órbita y movimiento de las más lejanas estrellas, mientras permanece sentado en su observatorio, así también el conocimiento del principio de correspondencia habilita al hombre a razonar inteligentemente de lo conocido o lo desconocido; estudiando la mónada se llega a comprender al arcángel.

3. El principio de vibración

"Nada está inmóvil; todo se mueve; todo vibra."

El Kybalion.

Este principio encierra la verdad de que todo está en movimiento, de que nada permanece inmóvil, cosas ambas que confirma por su parte la ciencia moderna, y cada nuevo descubrimiento lo verifica y comprueba. Y, a pesar de todo, este principio hermético fue enunciado cientos de años ha por los Maestros del antiguo Egipto.

Este principio explica las diferencias entre las diversas manifestaciones de la materia, de la fuerza, de la mente y aun del mismo espíritu, las que no son sino el resultado de los varios estados vibratorios. Desde el TODO, que es puro espíritu, hasta la más grosera forma de materia, todo está en vibración: cuanto más alta es esta, tanto más elevada es su posición en la escala. La vibración del espíritu es de una intensidad infinita; tanto, que prácticamente puede considerarse como si estuviera en reposo, de igual manera que una rueda que gira rapidísimamente parece que está sin movimiento. Y en el otro extremo de la escala hay formas de materia densísima, cuya vibración es tan débil que parece también estar en reposo. Entre ambos polos hay millones de millones de grados de intensidad vibratoria. Desde el corpúsculo y el electrón, desde el átomo y la molécula hasta el astro y los

Universos, todo está en vibración. Y esto es igualmente cierto en lo que respecta a los estados o planos de la energía o fuerza (la que no es más que un determinado estado vibratorio), y a los planos mentales y espirituales. Una perfecta comprensión de este principio habilita al estudiante hermético a controlar sus propias vibraciones mentales, así como las de los demás. Los Maestros también emplean este principio para conquistar los fenómenos naturales. "El que comprenda el principio vibratorio ha alcanzado el cetro del poder", ha dicho uno de los más antiguos escritores.

4. El principio de polaridad

"Todo es doble, todo tiene dos polos; todo, su par de

opuestos: los semejantes y los antagónicos son lo mismo; los opuestos son idénticos en naturaleza, pero diferentes en grado; los extremos se tocan; todas las verdades son

medias verdades, todas las paradojas pueden

reconciliarse."

El Kybalion.

Este principio encierra la verdad de que todo es dual; todo tiene dos polos; todo su par de opuestos, afirmaciones que son de otros tantos axiomas herméticos. Explica y dilucida las antiguas paradojas que han dejado perplejos a tantísimos investigadores, y que literalmente decían: "La tesis y la antítesis son idénticas en naturaleza, difiriendo sólo en grado"; "los opuestos son idénticos en realidad, diferenciándose en su gradación"; "los pares de opuestos pueden conciliarse, los extremos se tocan"; "todo es y no es al mismo tiempo", "toda verdad no es sino media verdad";

"toda verdad es medio falsa", etc. Este principio explica que en cada cosa hay dos polos, dos aspectos, y que los "opuestos" no son, en realidad, sino los dos extremos de la misma cosa, consistiendo la diferencia, simplemente, en diversos grados entre ambos. El calor y el frío, aunque opuestos, son realmente la misma cosa, consistiendo la diferencia, simplemente, en diversos grados de aquella. Mirad un termómetro y tratad de averiguar donde empieza el calor y donde termina el frío. No hay nada que sea

calor absoluto en realidad, indicando simplemente ambos términos, frío y calor, diversos grados de la misma cosa, y que ésta se manifiesta en esos opuestos no es más que los polos de eso que se llama Calor, o sea la manifestación del principio de polaridad que nos ocupa. El mismo principio se manifiesta en la "luz" y la

"oscuridad", las que, en resumen, no son sino la misma cosa, siendo ocasionada la diferencia por la diversidad de grado entre los dos polos del fenómeno. ¿Dónde termina la oscuridad y dónde empieza la luz? ¿Cuál es la diferencia entre grande y pequeño?

¿Cuál entre duro y blando? ¿Cuál entre duro y blando? ¿Cuál entre blanco y negro? ¿Cuál entre alto y bajo? ¿Cuál entre positivo y negativo? El principio de polaridad explica esta paradoja. El mismo principio opera de idéntica manera en el plano mental.

Tomemos, por ejemplo, el amor y el odio, dos estados mentales completamente distintos aparentemente, y notaremos que hay muchos grados entre ambos; tantos, que las palabras que nosotros usamos para designarlos, "agradable" y "desagradable", se esfuman una en la otra, hasta tal punto que muchas veces somos incapaces de afirmar si una cosa nos causa placer o disgusto.

Todas no son más que gradaciones de una misma cosa, como lo comprenderéis claramente por poco que meditéis sobre ello. Y aun más que esto, es posible cambiar o transmutar las vibraciones de odio por vibraciones de amor, en la propia mente y en la mente de los demás, lo que es considerado como lo más importante por los hermetistas. Muchos de los que leéis estas páginas habréis tenido experiencias en vosotros mismos y en los demás de la rápida e involuntaria transición del amor en odio y recíprocamente. Y ahora comprenderéis la posibilidad de efectuar esto por medio del poder de la voluntad, de acuerdo con las fórmulas herméticas. El "Bien"

y el "Mal" no son sino los polos de una misma y sola cosa, y el hermetista comprende y conoce perfectamente el arte de transmutar el mal en el bien aplicando inteligentemente el principio de polaridad. En una palabra, el "arte de polarizar" se convierte en una fase de la alquimia mental, conocida y practicada por los antiguos y modernos Maestros herméticos. La perfecta

comprensión de este principio capacita para cambiar la propia polaridad, así como la de los demás, si uno se toma el tiempo y estudia lo necesario para dominar este arte.

5. El principio del ritmo

"Todo fluye y refluye; todo tiene sus períodos de avance y retroceso, todo asciende y desciende; todo se mueve como un péndulo; la medida de su movimiento hacia la derecha, es la misma que la de su movimiento hacia la izquierda; el ritmo es la compensación."

El Kybalion.

Este principio encierra la verdad de que todo se manifiesta en un determinado movimiento de ida y vuelta; un flujo y reflujo, una oscilación de péndulo entre los dos polos que existen de acuerdo con el principio de polaridad, descrito un momento ha. Hay siempre una acción y una reacción, un avance y un retroceso, una ascensión y un descenso. Y esta ley rige para todo; soles, mundos, animales, mente, energía, materia. Esta ley lo mismo se manifiesta en la creación como en la destrucción de los mundos, en el progreso como en la decadencia de las naciones, en la vida, en las cosas todas, y, finalmente, en los estados mentales del hombre, y es con frecuencia a esto último que creen los hermetistas que este principio es el más importante. Los hermetistas han descubierto este principio, encontrándolo de aplicación universal, y han asimismo descubierto ciertos métodos para escapar a sus efectos, mediante el empleo de las fórmulas y métodos apropiados.

Emplean para ello la ley mental de neutralización. No pueden anular el principio o impedir que opere, pero han aprendido a eludir sus efectos hasta un cierto grado, grado que depende del dominio que se tenga de dicho principio. Saben como usarlo, en vez de ser usados por él. En este y en otros parecidos métodos consiste la ciencia hermética. El

Maestro se polariza a sí mismo en el punto donde desea quedarse, y entonces neutraliza la oscilación rítmica pendular que tendería a arrastrarlo hacia el otro polo. Todos los que han adquirido cierto grado de dominio sobre sí mismos ejecutan esto hasta cierto punto, consciente o inconscientemente, pero el Maestro lo efectúa conscientemente, y por el solo poder de su voluntad alcanza un grado tal de estabilidad y firmeza mental casi imposible de concebir por esa inmensa muchedumbre que va y viene en un continuado movimiento ondulatorio, impulsada por

ese principio de ritmo. Este, así como el de la polaridad, ha sido cuidadosamente estudiado por los hermetistas, y los métodos de contrabalancearlos, neutralizarlos y emplearlos, forman una de las partes más importantes de la alquimia mental hermética.

6. El principio de causa y efecto

"Toda causa tiene su efecto; todo efecto tiene su causa; todo sucede de acuerdo a la ley; la suerte no es más que el nombre que se le da a la ley no reconocida; hay muchos planos de casualidad, pero nada escapa a la Ley."

El Kybalion.

Este principio encierra la verdad de que todo efecto tiene su causa, y toda causa su efecto. Afirma que nada ocurre casualmente y que todo ocurre conforme a la Ley.

La suerte es una palabra vana, y si bien existen muchos planos de causas y efectos, dominando los superiores a los inferiores, aun así ninguno escapa totalmente a la Ley. Los hermetistas conocen los medios y los métodos por los cuales se pude ascender más allá del plano ordinario de causas y efectos, hasta cierto grado, y alcanzando mentalmente el plano superior se convierten en causas en vez de efectos. Las muchedumbres se dejan llevar, arrastradas por el medio ambiente que las envuelve o por los deseos y voluntades de los demás, si éstos son superiores a las de ellas. La herencia, las sugestiones y otras múltiples causas externas las empujan como autómatas en el gran escenario de la vida. Pero los Maestros, habiendo alcanzado el plano superior, dominan sus modalidades, sus caracteres, sus cualidades y poderes, así como el medio ambiente que los rodea, convirtiéndose de esta manera en dirigentes, en vez de ser los dirigidos.

Ayudan a las masas y a los individuos a divertirse en el juego de la vida, en vez de ser ellos los jugadores o los autómatas movidos por ajenas voluntades. Utilizan el principio, en vez de ser sus instrumentos. Los Maestros obedecen a la causalidad de los

planos superiores en que se encuentran, pero prestan su colaboración para regular y regir en su propio plano. En lo dicho está condensado un valiosísimo conocimiento hermético: que el que sea capaz de leer entre líneas lo descubra, es nuestro deseo.

7. El principio de generación

"La generación existe por doquier; todo tiene su principio masculino y femenino; la generación se manifiesta en todos los planos."

El Kybalion.

Este principio encierra la verdad de que la generación se manifiesta en todo, estando siempre en acción los principios masculino y femenino.

Esto es verdad, no solamente en el plano físico, sino también en el mental y en el espiritual. En el mundo físico este principio se manifiesta como

"sexo", y en los planos superiores toma formas más elevadas, pero el principio subsiste siempre el mismo. Ninguna creación física, mental o espiritual, es posible sin este principio. La comprensión del mismo ilumina muchos de los problemas que tanto han confundido la mente de los hombres. Este principio creador obra siempre en el sentido de "generar",

"regenerar" y "crear". Cada ser contiene en sí mismo los dos elementos de este principio. Si deseáis conocer la filosofía de la creación, generación y regeneración mental y espiritual, debéis estudiar este principio hermético, pues él contiene la solución de muchos de los misterios de la vida. Os advertimos que este principio nada tiene que ver con las perniciosas y degradantes teorías, enseñanzas y prácticas, que se anuncian con llamativos títulos, las que no son más que una prostitución del gran principio natural de generación. Tales teorías y prácticas no son más que la resurrección de las antiguas doctrinas fálicas, que sólo pueden producir la ruina de la mente, del alma y del cuerpo, y la Filosofía Hermética siempre ha alcanzado su verbo de protesta contra esas licencias y perversiones de los principios naturales. Si lo que deseáis son tales enseñanzas, debéis irlas a buscar a otra parte: el hermetismo nada contiene sobre ellas. Para el puro todas las cosas son puras; para el ruin todas son ruines.

Capítulo III

Transmutación mental

"La mente así como todos los metales y demás elementos, pueden ser transmutados, de estado en estado, de grado en grado, de condición en condición, de polo a polo, de vibración en vibración. La verdadera transmutación hermética es una práctica, un método, un arte mental."

El Kybalion.

Como indicamos anteriormente, los hermetistas fueron los verdaderos creadores de la alquimia, de la astrología y la sicología, habiendo sido Hermes el fundador de esas escuelas de pensamiento. De la astrología ha derivado la astronomía moderna; de la alquimia ha surgido la química y de la sicología mística la sicología moderna. Mas no debe suponerse que los antiguos fueron unos ignorantes respecto a lo que las escuelas modernas creen de su exclusiva propiedad. Las inscripciones grabadas en las piedras y monumentos de Egipto prueban concluyentemente que los antiguos poseían el más perfecto conocimiento acerca de la astronomía, mostrando la construcción de las mismas pirámides una relación estrechísima entre sus designios y su conocimiento de la ciencia astronómica. Tampoco debe suponerse que ignoran la química, pues los fragmentos de antiguas escrituras descubiertas muestran que estaban muy familiarizados con las propiedades químicas de los cuerpos. En una palabra, sus teorías respecto a la física han sido posteriormente verificadas y confirmadas por los últimos descubrimientos de la ciencia moderna, sobre todo en lo que se refiere a la constitución de la materia.

Lejos de ignorar los llamados modernos descubrimientos psicológicos, los egipcios estaban muy al corriente de todo ello, especialmente en ciertas ramas que ignoran completamente las escuelas modernas, y sobre todo en "ciencia psíquica", la que tanto está confundiendo a los psicólogos de hoy en día, y haciéndoles confesar al fin que, "después de todo, bien puede haber algo de cierto en ello".

Lo cierto es que, además de la química, astronomía y sicología (esto es, la sicología en su aspecto de función cerebral), los antiguos poseían un conocimiento trascendental de la astronomía que se llamó alquimia y de la sicología trascendental titulada sicología mística. Y no solamente

poseían este conocimiento interno, sino también el externo, siendo este último el único que conocen los hombres de ciencia modernos. Entre los muchos aspectos y tópicos de conocimientos secretos de los hermetistas se encuentra lo que se conoce como "transmutación mental", de la que vamos a tratar en este capítulo.

"Transmutación" es el término generalmente empleado para designar el antiguo arte de transmutar los metales, especialmente los de poco valor, en oro. La palabra "transmutar" significa "cambiar de naturaleza, de sustancia y de forma, convirtiéndose en otra; transformarse en otra cosa"

(Webster). Y de acuerdo con esa definición, "transmutación menta" significa el arte de transformar o cambiar los estados, cualidades, formas, condiciones mentales etc., en otros. Así que podéis ver que la transmutación mental no es otra cosa que una especie de química mental; y si preferís el término, una forma especial práctica de sicología mística.

Mas esto tiene un significado muchísimo mayor de lo que parece a simple vista. La transmutación alquímica en el plano mental es tan importante en sus efectos que de ser conocida sería uno de los estudios más importantes para el hombre. Y esto no es más que el principio. Veamos por qué.

El primero de los siete principios herméticos es el de mentalismo, que afirma que "el TODO es mente, que el universo es mental", lo que significa que la única realidad que se oculta tras todo cuanto existe es mente; y el universo en sí mismo es una creación mental, esto es, existe en la mente del TODO. Consideraremos este principio en las sucesivas lecciones, pues ahora vamos a estudiar sus efectos, suponiendo que dicho principio fuera cierto.

Si el universo es de naturaleza mental, entonces la transmutación mental debe ser el arte de cambiar o transformar las condiciones del universo, trátese de la materia, de la energía o de la mente. Así que esa transmutación, no es otra cosa que la magia, de la que tanto han hablado los escritores antiguos en sus obras místicas, pero acerca de la cual daban tan pocas instrucciones prácticas. Si todo es mental, entonces la posesión del medio que permita transmutar las condiciones mentales debe hacer del Maestro el dirigente y controlador de las condiciones materiales, así como de las operaciones llamadas mentales.

Es muy cierto que nadie, excepto los alquimistas mentales más avanzados, han alcanzado el grado de poder necesario para dominar las condiciones físicas más densas, tales como los elementos de la naturaleza, la producción y cesación de las tempestades, la producción y cesación de terremotos u otros fenómenos físicos de cualquier clase, pero que tales hombres existieron y que existen es una cosa que no duda ningún ocultista, sea de la escuela que sea. Los mejores instructores aseguran a sus estudiantes que los Maestros existen, habiendo aquellos tenido algunas experiencias personales que justificaban su creencia.

Estos Maestros no hacen exhibición pública de sus poderes, sino que, por el contrario, permanecen solitarios para poder así actuar y trabajar mejor en el sendero de la realización. Mencionamos aquí su existencia, meramente para llamar vuestra atención acerca de que sus poderes son enteramente mentales y que operan en el sentido de la más elevada transmutación mental, según el principio del mentalismo de *El Kybalion*, que dice: "El universo es una creación mental".

Mas los estudiantes y hermetistas de los grados inferiores al de Maestro

—los iniciados e instructores— pueden también actuar y obrar libremente en el plano mental.

Todo cuanto llamamos "fenómenos psíquicos", "influencia mental",

"mentalismo" etc., son transmutación mental, pues existe un principio único, y nada importa el nombre que se dé a los fenómenos que se produzcan.

El que practica la transmutación mental trabaja en ese plano, transformando condiciones y estados mentales en otros, de acuerdo con fórmulas más o menos eficaces. Los varios "tratamientos",

"afirmaciones", "autosugestiones", etc., de las escuelas mentalistas no son más que esas mismas fórmulas (muy a menudo imperfectas y empíricas), del arte hermético. La mayoría de los que las practican son unos ignorantes comparados con los antiguos Maestros, porque no poseen el conocimiento fundamental sobre la cual está basada esa operación.

No solamente los estados mentales de uno mismo pueden ser transmutados según los métodos herméticos, sino que también puede hacerse esto con la mentalidad de los demás y, efectivamente, todos sufrimos transformaciones mentales de cualquier índole, inconscientemente, por lo general, pero a veces conscientemente, cuando

comprendemos algo acerca de las leyes y principios que los rigen, y sobre todo cuando los demás ignoran los medios de protegerse a si mismos. Muchos estudiantes de mentalismo saben que las condiciones materiales dependen de las mentes de los demás, y pueden ser transmutadas y cambiadas de acuerdo con los deseos de la persona que quiere modificar sus condiciones de vida. Se ha hecho esto tan público hoy en día, que no creemos necesario mencionarlo en detalle, siendo nuestro propósito únicamente el de mostrar la acción de este principio hermético que se oculta tras todas esas varias formas de operar, buenas o malas, porque la fuerza puede ser empleada en ambas direcciones, de acuerdo con el principio hermético de polaridad.

En esta obrita indicaremos los principios básicos en los que se funda la transmutación mental, de tal manera que todos los que la estudien puedan comprender las leyes a que obedecen, y poseyendo así la clave maestra, sean capaces de abrir las muchas puertas del principio de polaridad.

Ahora procederemos a considerar el primero de los siete principios herméticos, el del mentalismo, el que se explica y desarrolla el axioma de que el TODO es mental, de que el universo es una creación mental, según las palabras de *El Kybalion*.

Este principio debe estudiarse cuidadosamente, porque él es, en realidad, la base de toda la Filosofía Hermética y del arte hermético de transmutación mental.

Capítulo IV

El Todo

"Más allá del Kosmos, del Tiempo, del Espacio, de todo cuanto se mueve y cambia, se encuentra la realidad

Substancial, la Verdad Fundamental."

El Kybalion.

"Sustancia" significa lo que yace oculto bajo toda manifestación externa, la realidad esencial, la cosa en sí misma. "Substancial" significa actualmente existente, el elemento esencial, el ser real. "Realidad"

significa el estado del ser verdadero, real, eterno, permanente, fijo.

Más allá de toda apariencia externa o manifestación debe haber siempre una realidad substancial. Esta es la ley. El hombre al considerar y examinar el universo, del cual es una unidad, no ve otra cosa que un cambio continuo en la materia, en las fuerzas en los estados mentales. Ve que nada es realmente, que todo se transforma y cambia. Nada permanece: todo nace, crece, muere; tan pronto como una cosa ha adquirido su máximo desarrollo empieza a declinar; la ley del ritmo está en constante operación; no hay realidades, nada firme, nada duradero, fijo o substancial, nada permanente, todo es cambio. Todas las cosas surgen y evolucionan de otras cosas. Hay una acción continua que es seguida siempre de su reacción correspondiente; todo fluye y refluye, todo se construye y derrumba, todo es creación y destrucción, vida y muerte. Y si el hombre que tal examen hace y tales cosas ve fuera un pensador, comprendería que todas esas cosas en perpetuo cambio no pueden ser sino simples apariencias externas o manifestaciones de algún poder que se oculta tras ellas, de alguna realidad substancial encerrada en las mismas.

Todos los pensadores, de cualquier país o época, se han visto obligados a afirmar la existencia de esta realidad substancial. Todas las filosofías, cualquiera que haya sido su nombre, se han basado en esta idea. Los hombres han dado a esta realidad substancial muchos nombres: algunos la han denominado "Dios", otros "Divinidad Infinita" y "Eterna Energía",

"Materia", etc., pero todos han reconocido su existencia. Es evidente por sí misma. No necesita argumentos.

En estas lecciones hemos seguido el ejemplo de algunos de los más grandes pensadores del mundo, antiguos y modernos —los Maestros herméticos— y hemos denominado a ese poder que se oculta tras todas las manifestaciones, a esa realidad substancial, por su nombre hermético del TODO, cuyo término nos parece es el más amplio de los que puede emplear el hombre.

Aceptamos y enseñamos las teorías de los grandes pensadores herméticos, como también las de esas almas iluminadas que han ascendido a planos superiores de existencia. Unos y otros afirman que la naturaleza íntima del TODO es incognoscible. Y esto debe ser así efectivamente, pues nadie, excepto el TODO mismo, puede comprender su propia naturaleza y su propio ser. Los hermetistas creen y enseñan que el TODO en sí mismo es y debe ser incognoscible. Consideran las teorías y especulaciones de los teólogos y metafísicos respecto a la naturaleza íntima del TODO como esfuerzos infantiles de mentes mortales para sorprender el secreto del Infinito. Todos esos esfuerzos han fracasado siempre, y seguirán fracasando, debido a la naturaleza misma de la tarea. El que especula sobre ello se encuentra perdido en un laberinto de pensamientos sin salida, y si persiste en su intento acaba por perder toda capacidad para razonar sanamente, hasta llegar a serle imposible la vida. Se encontraría en una situación parecida a la de la ardilla, que en la jaula se pone a girar en su rueda, sin moverse del mismo sitio, continuando tan prisionera como antes de haber comenzado.

Y aun muchos más presuntuosos son esos que tratan de atribuir al TODO

la personalidad, cualidades, propiedades, características y atributos de ellos mismos, como si el TODO tuviera las emociones, sentimientos y características de los humanos. Y llega hasta atribuirle malas cualidades, como los celos, la susceptibilidad a la alabanza y a la oración, el deseo de que se le ofrende y se le adore y todas esas otras cosas que nos han legado como herencia de los primeros días de la infancia de la humanidad.

Tales ideas no le sirven para nada al hombre desarrollado y acaba por dejarlas a un lado.

Creemos debe indicar que hacemos una distinción entre la filosofía y la metafísica. Religión significa para nosotros la realización intuitiva de la existencia del TODO y de la relación entre uno mismo y ÉL, mientras que la teología significa para nosotros el esfuerzo o los esfuerzos que hace el hombre para atribuirle las propias cualidades, personalidad, características, etc., así como sus teorías proyectos, deseos y designios,

asumiendo el papel del intermediario entre el TODO y el pueblo. La filosofía significa para nosotros la especulación que tiende a comprender las cosas cognoscibles y pensables (permítasenos la palabra), en tanto que la metafísica indica la tentativa de inquirir entre las nebulosidades de las regiones de lo incognoscible y de lo impensable, la que, al fin y al cabo, tiene la misma tendencia que la teología. Consecuentemente, la religión y la filosofía significan para nosotros cosas que tienen realidad por sí mismas, en tanto que la teología y la metafísica son algo así como senderos tortuosos y laberínticos, por los que circula la ignorancia, y forman la base más insegura e inestable sobre la que puede apoyarse la mente o el alma del hombre. No insistiremos para que aceptéis estas definiciones; las mencionamos con el único objeto de deslindar nuestra posición. De todas maneras, muy poco hablaremos en estas lecciones de teología y metafísica.

Si bien es cierto que la naturaleza esencial del TODO es incognoscible, hay, sin embargo, ciertas verdades relacionadas con su existencia, que la mente humana se ve obligada a aceptar. El examen de éstas constituye un asunto apropiado para la investigación, particularmente por lo que se refiere a lo que el iluminado nos transmite de sus impresiones en los más elevados planos de existencia. Y a esta investigación os invitamos ahora.

"Lo que constituye la Verdad fundamental, la Realidad substancial, está más allá de toda denominación, pero el sabio lo llama el TODO."

El Kybalion

"En su esencia, el TODO es incognoscible."

El Kybalion

"Mas el dictamen de la razón debe ser recibido

hospitalariamente, y tratado con respeto."

El Kybalion

La razón humana, cuyo dictamen debemos aceptar tanto como lo juzguemos conveniente, nos dice respeto al TODO, sin pretender desgarrar el velo de lo incognoscible:

1. EL TODO debe ser todo lo que realmente es. Nada puede existir fuera del TODO, o, de lo contrario, el TODO no sería tal.

2. EL TODO debe ser infinito, porque nada puede existir que defina, limite o ponga restricciones al TODO. Debe ser infinito en tiempo, o Eterno, debe haber existido siempre, continuamente, pues nada puede haberlo creado jamás, y algo no puede nunca surgir de nada, y si alguna vez no hubiera sido, aunque sólo fuera un instante, no podría ser. Debe existir por siempre, porque nada hay que pueda destruirlo, y jamás puede dejar de ser ni aun por un solo momento, porque algo nunca puede convertirse en nada. Debe ser infinito en el Espacio, debe encontrarse en todas partes, porque nada existe, ni hay sitio alguno que esté más allá del TODO. No puede ser de otra manera, sino continuo y omnipresente en el espacio, sin cesación, separación o interrupción, porque no hay nada en ÉL que pueda interrumpirse, separarse o cesar en su absoluta continuidad, y nada existe tampoco que pueda "llenar las grietas". Debe ser infinito en Poder, o Absoluto, porque nada hay que pueda limitarlo, restringirlo, confinarlo u obstaculizarlo. No está sujeto a ningún poder, porque no hay otro que el Suyo.

3. EL TODO debe ser inmutable, esto es, no sujeto a cambio en su naturaleza real, porque nada existe que pueda obligarlo a cambiar, ni nada de lo que pueda haberse transformado. No puede ser aumentado ni disminuido, ni ser mayor o menor, bajo ningún aspecto. Debe haber

"sido" siempre, y debe seguir "siendo" siempre también, idéntico a lo que es ahora: el TODO. Nunca ha habido, ni hay, ni habrá algo en lo que pueda transformarse o cambiar.

Siendo el TODO Infinito, Absoluto, Eterno, Inmutable, debe deducirse que todo lo que es finito, mudable, transformable y condicionado, no puede ser el TODO. Y como nada existe fuera de Él en realidad, todo lo que sea finito debe ser nada realmente. No os vayáis a sorprender o asustar, porque no tratamos de embarcaros en Ciencia Cristiana, cubriendo estas enseñanzas bajo el título de Filosofía Hermética. Hay una reconciliación entre estos aparentemente contradictorios asuntos. Tened paciencia, que a todo llegaremos a su debido tiempo.

Vemos en torno a nosotros eso que se llama "materia", la que constituye las bases físicas de todas las formas. ¿Es el TODO materia simplemente?

Absolutamente no. La materia no puede manifestar Vida o Mentalidad, y como la mente está manifestada en el universo, el TODO no puede ser materia, pues nada asciende más allá de su propia fuente, nada puede manifestarse en un efecto si no lo está también en la causa, nada puede evolucionar o emerger como consecuente si no está involucrado o involucionado como antecedente. Y además la ciencia moderna nos dice que la materia no existe realmente, sino que es "energía o fuerza interrumpida", esto es, energía o fuerza en un grado menor de intensidad vibratoria. Como ha dicho recientemente un escritor, "la materia se sumerge en el Misterio". Aun la ciencia materialista ha abandonado la teoría de la materia y ahora descansa sobre la base de la "energía".

¿Es pues, el TODO mera fuerza o energía? No. La fuerza, tal como la entiendan los materialistas, es una cosa ciega, mecánica, carente de vida o mentalidad. La vida y la mente no pueden nacer de ciega energía, por las razones dadas un momento ha: "Nada puede subir más alto que su propia fuente, nada evoluciona si no ha involucionado, nada se manifiesta en un efecto si no está en la causa". Así que el TODO no puede ser mera fuerza o energía, porque si lo fuera no existiría eso que se llama mente y vida, y ambas sabemos que existen, porque nosotros estamos vivos y estamos empleando nuestra mente en considerar esta cuestión; y en iguales condiciones se encuentran los que afirman que la energía es todo.

¿Que es lo que hay superior a la materia y a la energía, y que sepamos que existe en el Universo? ¡Vida y mente en todos sus diversos grados de desenvolvimiento! Entonces preguntaréis: ¿Queréis significar que el TODO es vida y mente? Si y no, es nuestra respuesta. Si entendéis por vida y mente lo que nosotros, pobres mortales, conocemos de ellas: ¡No, el TODO no es eso! Mas ¿qué clase de vida y mentalidad significáis?, preguntaréis.

La contestación es mente viviente, tan amplia como nosotros podamos concebirla, puesto que la vida y la mente son muy superiores a la fuerza puramente mecánica o a la materia. Mente infinita y viviente, si se compara con la vida y la mentalidad finitas. Queremos indicar eso que quieren significar las almas iluminadas, cuando reverentemente pronuncian la palabra: ¡ESPÍRITU!.

El TODO es mente viviente e infinita, los iluminados lo llaman Espíritu.

Capítulo v

El universo mental

"El universo es una creación mental sostenida en la mente del TODO."

El Kybalion

El TODO es espíritu. Mas ¿qué es el espíritu? Esa pregunta no puede ser contestada, puesto que definirla sería prácticamente definir al TODO, el cual no puede explicarse. El espíritu es simplemente el nombre que los hombres dan a la más elevada concepción de la infinita Mente Viviente, significa la esencia real, tan superior a todo cuanto entendemos por mente y vida, como estas últimas a la energía y la materia. El espíritu está más allá de nuestra comprensión, y usamos dicho término en el mismo sentido y queriendo significar lo mismo que cuando hablamos del TODO.

Para nuestro entendimiento podemos pensar del espíritu como de una Infinita Mente Viviente, teniendo en cuenta, al mismo tiempo, que no podemos comprenderlo del todo. O hacemos esto, o nos vemos obligados a dejar de pensar.

Procederemos ahora a estudiar la Naturaleza del Universo, como un todo, y también en sus partes. ¿Qué es el Universo? Hemos visto ya que nada puede existir fuera del TODO; entonces ¿El Universo es el TODO? No, no puede serlo, porque el Universo parece estar hecho de muchas, de múltiples unidades, y está en continuo cambio; Y de todas maneras, no está de acuerdo con las ideas que nos hemos visto obligados a aceptar respecto al TODO, según ya indicamos en nuestra lección anterior.

Entonces, si el Universo no es el TODO debe ser nada; tal es la inevitable consecuencia que se presenta en la mente aparentemente. Pero esto no satisface la pregunta, porque nosotros somos sensibles y sentimos la existencia del Universo. Y si el universo es algo y no es el TODO, ¿Qué puede ser? Examinemos la cuestión.

Si el Universo existe absolutamente, o por lo menos parece que existe, debe proceder en alguna forma del TODO, ser su creación. Pero como algo no puede venir de nada, ¿de qué pudo crearlo el TODO? Algunos filósofos han contestado a esta pregunta diciendo que el TODO creó el Universo del sí mismo, esto es, sacándolo de su propia sustancia. Mas esta respuesta no sirve, puesto que el TODO no puede ser aumentado, ni disminuido, ni dividido, según hemos ya visto, y aunque así fuera no

podría cada partícula del Universo estar segura de ser el TODO, puesto que éste no puede perder el conocimiento de sí mismo, ni convertirse en un átomo o fuerza ciega o un ser viviente inferior. Algunos, habiendo realizado que el TODO es todo, y reconociendo que ellos existían, han llegado a la extraordinaria conclusión de que ellos y el TODO eran idénticos, y han llenado el aire con sus gritos de "yo soy Dios", sirviendo de solaz a las multitudes y de motivo de pena para los sabios.

Si el átomo gritara "yo soy hombre", todavía sería modesto en comparación.

Pero ¿qué es, en realidad, el Universo, si no es el TODO ni ha sido creado por Él separándolo de su propia sustancia? ¿Que otra cosa debe ser? O, mejor preguntado. ¿De qué otra cosa puede haberlo hecho? Esta es la gran cuestión. Nos encontramos con que el principio de correspondencia (véase el capítulo I) viene en nuestra ayuda. El antiguo axioma hermético "como es arriba es abajo" puede ser empleado ahora para iluminar este punto. Tratemos, pues, de comprender algo de lo que pasa en los planos superiores, examinando lo que pasa en el nuestro propio. El principio de correspondencia puede aplicarse a esto lo mismo que a cualquier otro problema. Veamos. En su propio plano de existencia,

¿cómo crea el hombre? Primero, puede crear haciendo o construyendo algo con los materiales que el mundo externo le brinda. Mas esto no nos sirve, porque fuera del TODO no existen materiales de ninguna clase con los que Él pueda crear. En segundo lugar, el hombre puede crear por medio de la fecundación, que no es más que su multiplicación, acompañada por la transferencia de una parte de su propia sustancia a la matriz de la madre. Mas esto tampoco nos sirve, porque el TODO no puede transferir o substraerse a sí mismo una porción, ni puede reproducirse o multiplicarse a sí mismo. En el primer caso habrá una substracción de su sustancia o adición al TODO, lo que es un absurdo.

¿No existe otro medio por el cual crea el hombre? Sí, hay otro: la creación mental. Al crear en esta forma, él no emplea materiales que le aporte el mundo externo, ni se reproduce a sí mismo, y, sin embargo, su espíritu compenetra su creación mental.

Siguiendo el principio de correspondencia, se puede pensar justificadamente que el TODO crea el Universo mentalmente, de una manera parecida al proceso mediante el cual el hombre crea sus imágenes mentales. Y he aquí que en esta descripción coinciden tanto el

dictamen dado por la razón como el de las almas iluminadas, según se puede encontrar en sus escritos o en sus enseñanzas. Tales son las doctrinas de los sabios. Tales las que enseñó Hermes.

El TODO no puede crear de ninguna manera, excepto mentalmente, sin emplear ni materiales (pues no hay ninguno), ni reproduciéndose (lo que también es imposible). No hay escapatoria para esta conclusión de la razón, la que, como hemos ya visto, concuerda perfectamente con lo que dicen los iluminados. De igual manera que podéis vosotros crear un universo en vuestra propia mente, así el TODO crea los Kosmos en la suya propia.

Mas vuestro universo sería la creación de una mente finita, en tanto que la del TODO sería la creación de un infinito. Las dos son iguales en clase, pero difieren infinitamente en grado. Examinaremos más estrictamente el proceso de la creación y manifestación conforme vayamos avanzando en nuestro estudio. Mas este es el punto que debéis fijar por ahora en vuestras mentes: El Universo y todo lo que él contiene es una creación mental del TODO; todo es mente.

"El TODO crea en su mente infinita, innumerables universos, los que existen durante eones de tiempo, y así y todo, para Él, la creación, desarrollo, decadencia y muerte de un millón de universos no significa más que el tiempo que se emplea en un abrir y cerrar de ojos."

El Kybalion

"La mente infinita del TODO es la matriz del Kosmos."

El principio de género o generación (véase el capítulo I y otros que seguirán) se manifiesta en todos los planos de la vida: material, mental y espiritual. Pero, según ya hemos indicado anteriormente, el "género" no significa "sexo", pues este último no es más que la manifestación material del género. "Género" significa "lo relativo" a la generación o creación. Y dondequiera que algo se genera o se crea, sea en el plano que sea, es principio de género se está allí manifestando. Y esto es verdad, aun en lo que se refiere a la creación de los universos.

Ahora no vayáis a suponer que estamos enseñando que hay un dios creador macho y otro hembra. Esto no sería más que una mistificación de las antiguas enseñanzas al respecto. La verdad es que el TODO, en sí mismo, está más allá del género, así como también está más allá de toda otra ley, incluyendo las del tiempo y del espacio. Él es la ley de la cual todas las leyes proceden, y, por lo tanto no puede estar sujeto a estas últimas. Mas cuando el TODO se manifiesta en el plano de la generación o creación, entonces actúa de acuerdo con la ley y con el Principio, pues se está moviendo en un plano inferior de existencia. Y consecuentemente, Él manifiesta el principio de género, en sus aspectos masculino y femenino, en el plano mental, por supuesto.

Esta idea podría parecer un tanto chocante, si la oís por primera vez, mas otras veces la habéis aceptado pasivamente en vuestras concepciones diarias. Habláis de la paternidad de Dios y de la maternidad de la Naturaleza, de Dios como padre divino y de la Naturaleza como madre Universal, y así habréis conocido instintivamente el principio del Género en el Universo. ¿No es así?

Mas las enseñanzas herméticas no implican una dualidad real —el TODO

es UNO— siendo los dos aspectos simples fases de manifestación. La doctrina es que el principio masculino manifestado por el TODO

permanece, en cierta manera, aparte de la creación mental del Universo.

Proyecta su voluntad sobre el principio femenino (que puede ser llamado naturaleza), siendo en ésta que comienza la obra evolutiva de un Universo, desde simples "centros de actividad" hasta el hombre, y aun a más elevados planos de existencia que el humano, todo ello de acuerdo con bien establecidas leyes de la Naturaleza. Si preferís las antiguas imágenes mentales, podéis concebir el principio masculino como Dios, el padre, y el principio femenino como Naturaleza, la madre universal, de cuya matriz todas las cosas nacen. Esto es algo más que una simple figura poética de lenguaje, es una idea del proceso de la creación de un Universo. Pero recordad siempre que el TODO es UNO, y que en su mente infinita es donde crean y generan y existen los Kosmos.

Podría ayudaros a concebir esto propiamente el aplicarle la ley de correspondencia en vuestra propia mente. Sabéis que esa parte de vosotros que llamáis "yo", en cierto sentido, permanece aparte de la creación y de vuestras imágenes mentales en el intelecto. La parte de la mente en la que se efectúa la generación de imágenes puede ser llamada el "mí", en distinción con el "yo", que permanece aparte y que examina

los pensamientos, ideas e imágenes del "mí". Como "arriba es abajo", acordaos, y los fenómenos de un plano pueden emplearse para resolver los enigmas de los planos superiores e inferiores.

¿Es acaso maravilloso que vosotros, los hijos, sintáis una reverencia instintiva hacia

Padre-Madre? ¿Es maravilloso que cuando consideráis las obras y maravillas de la Naturaleza os sintáis conmovidos hasta lo más profundo de vuestro ser? Es a vuestra madre-mente a quien os estáis estrechando, como un niño se estrecha al seno de su madre.

No vayáis a suponer que el pequeñísimo mundo que os circunda —la Tierra— que no es más que un grano de arena en el Universo, es el universo mismo. Hay millones y millones de tales mundos, y aun muchos mayores que él. Y aun hay millones de millones de tales universos que existen en la Mente del Único. Y aun en nuestro sistema solar hay regiones y planos de vida muy superiores a los nuestros, y seres comparados con los que nosotros somos lo que las amebas respecto al hombre. Hay seres cuyos poderes y atributos son mucho más elevados que los del hombre, y éste jamás ha soñado que pudieran existir. Mas, a pesar de esto, esos seres fueron en poco tiempo lo que nosotros ahora, y seremos un tiempo como ellos son y aun superiores, porque tal es el destino del hombre, a juzgar por lo que nos dicen los iluminados.

La muerte no es real, ni aun en sentido relativo: no es sino nacer en una vida nueva, y ascendemos y seguiremos ascendiendo a planos de vida cada vez más elevados, durante eones y eones de tiempo. El universo es nuestra casa, nuestro hogar y podemos explorarlo hasta sus más lejanos confines, antes de la consumación de los tiempos. Estamos en la mente del TODO y nuestras posibilidades y oportunidades son infinitas, lo mismo en el tiempo que en el espacio. Y al fin del gran ciclo de eones, cuando el TODO reabsorba sus creaciones en sí mismo, marcharemos alegremente porque entonces seremos capaces de comprender la verdad toda de ser UNO con el TODO. Esto es lo que nos afirman los iluminados, esos que han avanzado tanto en el sendero de la realización.

Y, en el entretanto, estemos tranquilos y serenos; estamos seguros y protegidos por el Poder Infinito del Padre-Madre Mente.

"En la Mente del Padre-Madre, los hijos están en su hogar."

El Kybalion

"No hay nadie que no tenga padre y madre en el Universo."

El Kybalion.

Capítulo VI

La paradoja divina

"El sabio a medias, reconociendo la irrealidad relativa del Universo, se imagina que puede desafiar sus leyes, ése no es más que un tonto vano y presuntuoso, que se estrellará contra las rocas y será aplastado por los elementos, en razón de su locura. El verdadero sabio conociendo la

naturaleza del universo, emplea la Ley contra las leyes: las superiores contra las inferiores, y por medio de la alquimia transmuta lo que no es deseable, en lo valioso y de esta manera triunfa. La maestría consiste, no en sueños

anormales, visiones o imágenes fantasmagóricas, sino en el sabio empleo de las fuerzas superiores contra las inferiores vibrando en los más elevados. La transmutación (no la negación presuntuosa), es el arma del Maestro."

El Kybalion

Ésa es la paradoja del Universo, la que resulta del principio de polaridad, principio que se manifiesta cuando el TODO empieza a crear.

Aunque para el TODO infinito el Universo, sus leyes, sus poderes, su vida, sus fenómenos, son como cosas contempladas en el estado de meditación o ensueño, el Universo debe ser tratado como real, y la vida, las acciones y los pensamientos deben estar basados en ello, acordemente, si bien se tenga un claro conocimiento y realización de la Verdad Superior cada uno respecto a su propio plano y leyes. Si el TODO

hubiera imaginado un Universo real sería desastroso para éste, porque entonces no podría ascenderse de lo inferior a lo superior, el universo se habría convertido en una cosa fija, inmóvil y el progreso resultaría imposible. Y si el hombre, por su parte, debido a su media-sabiduría, actúa y vive y piensa en el Universo como si fuera un sueño (parecido a sus propios ensueños a finitos), así se convertirá efectivamente para él, y, al igual de un cadáver que caminase, se encontrará dando vueltas y más vueltas en un círculo, sin hacer el menor progreso y siendo forzado por último a despertarse y vivir por las leyes naturales que él hubiera olvidado.

Conservad siempre la mente fija en la Estrella, pero mirad donde ponéis los pies, no vayáis a hundirlos en algún abismo. Recordad la paradoja

divina que afirma que si bien el "Universo no es, sin embargo es".

Recordemos siempre los dos polos de la verdad: lo absoluto y lo relativo.

Guardémonos de las verdades a medias.

Lo que los hermetistas conocen como "Ley de la paradoja" es un aspecto del principio de polaridad. Las escrituras herméticas están llenas de toda clase de referencias respecto a esa paradoja que se descubre en todos los problemas de la Vida y del Ser. Los instructores están siempre batallando para impedir que sus estudiantes omitan el "otro lado" de cualquier cuestión, y sus recomendaciones se dirigen especialmente a los problemas de lo absoluto y de lo relativo, que tanto confunden a los estudiantes de filosofía, y que obligan a tantos a obrar y a pensar contrariamente a lo que se conoce como "sentido común".

Recomendamos mucho a nuestros estudiantes el que se aseguren de haber comprendido bien la paradoja divina de lo absoluto y lo relativo, evitando el ser hipnotizados por el falso miraje de la verdad a medias.

Desde este punto de vista ha sido escrita esta lección. Leedla cuidadosamente.

La primera idea que se le ocurre al pensador que ha comprendido y realizado la verdad de que el Universo es una creación mental del TODO, es la de que el Universo y todo cuanto éste contiene son una pura ilusión, una irrealidad, contra cuya idea se revuelve instantáneamente. Pero esto, al igual de otras grandes verdades, debe ser considerado desde los puntos de vista absoluto, el Universo es, por supuesto, una ilusión, un sueño, una fantasmagoría, si se compara con el TODO en sí mismo. Esto lo reconocemos nosotros mismos cuando hablamos del mundo como de un sueño, que va y viene, que nace y muere, desde el momento que todo lo que es mudable, que cambia, que es finito e insustancial, debe estar ligado a la idea de un Universo creado, cuando se compara con el TODO

mismo, no importando cual puede ser nuestra creencia respecto a la naturaleza de ambos.

Filósofos, metafísicos, científicos y teólogos, todos están de acuerdo sobre ello, y esta concepción se encuentra en todos los sistemas filosóficos y religiosos, así como en las respectivas teorías de las escuelas metafísica y teológicas.

Las enseñanzas herméticas no predican la insubstancialidad del Universo en términos más fuertes que los que os son más familiares, aunque la

exposición del asunto pueda pareceros algo más contundente. Todo cuanto tenga un principio y un fin, en cierto sentido debe ser irreal e ilusorio, y el Universo se encuentra en este caso, sea cual sea el sistema de las escuelas de pensamiento. Desde el punto de vista absoluto nada hay real excepto el TODO, no importando los términos que empleemos al pensar sobre ello o al discutirlo. Bien sea que el Universo haya sido creado de materia, o bien que sea una creación mental en la mente del TODO, es insustancial, mudable, sujeto al tiempo, al espacio, al cambio.

Debemos comprender y sentir bien esto antes de pensar y examinar la concepción hermética de la naturaleza mental del Universo. Examina cualesquiera otras concepciones, y ved si existe alguna que no lo admita.

Mas el punto de vista absoluto muestra únicamente un solo lado de la cuestión, siendo el otro el aspecto relativo de la misma. Las verdades absolutas han sido definidas "como las cosas, tal como las conoce y las ve la mente de Dios", mientras que las verdades relativas son "las cosas tal como la más elevada razón del hombre las comprende". Y de esta manera, mientras que para el TODO el Universo debe ser ilusorio e irreal, un simple sueño o resultado de la meditación, sin embargo para las mentes finitas que forman parte de ese Universo, y mirando a través de las mortales facultades, el Universo es ciertamente real, y así debe ser considerado. Al reconocer así el punto de vista absoluto, no cometeremos el error de ignorar o negar los hechos y fenómenos del Universo, tal como se nos presentan antes nuestras facultades mortales: no somos el

TODO, recordémoslo.

Para emplear ilustraciones familiares, podemos reconocer el hecho de que la materia "existe" para nuestros sentidos, y haríamos muy mal si así no lo reconociéramos. Y, a pesar de ello, nuestra mente finita reconoce la verdad científica de que no hay tal materia desde el punto de vista de la ciencia, y que lo que llamamos materia no es más que un agregado de átomos, átomos los cuales a su vez, no son más que unidades de fuerza agrupadas que llamamos "electrones" o "iones", vibrando constantemente con movimiento circular. Golpeamos una piedra y sentimos el impacto, parece ser real, y, a pesar de ello, sabemos que no es más que lo ya expuesto.

Pero recuerden que nuestro pie, que siente el golpe mediante la intervención del cerebro, es similarmente materia constituida por electrones, y por que de esa materia está hecho también nuestro cerebro.

Y, por último, si no fuera por la mente, no sabríamos nada ni del pie ni de la piedra absolutamente.

Además, el ideal que un artista o un escultor tratan de reproducir en el mármol o en el lienzo les parece muy real. Igualmente sucede con los personajes que crea la mente de un autor teatral, quien trata de expresarlos para que los demás puedan reconocerlos. Y si esto fuera cierto en el caso de nuestras mentes finitas, ¿cuál sería el grado de realidad de las imágenes mentales creadas en la mente del Infinito? ¡Oh, para los mortales este universo de mentalidad es ciertamente muy real!

Es el único que jamás podremos conocer, aunque nos elevemos de plano en plano, cada vez más alto. Para que lo pudiéramos conocer de otra manera, por experiencia actual, tendríamos que ser el TODO mismo. Es muy cierto que, cuanto más nos elevamos en la escala, tanto más cerca nos encontraremos de la mente del Padre y tanto más evidente se hace la naturaleza ilusoria de las cosas finitas, pero hasta que el TODO no nos absorba finalmente dentro de Él mismo no se desvanecerá la visión.

De manera, pues, que no necesitamos basarnos en esa ilusión.

Reconozcamos más bien la verdadera naturaleza del Universo y tratemos de comprender sus leyes mentales, esforzándonos en emplearlas en la forma más efectiva para nuestro progreso ascendente en toda la vida conforme vamos viajando de un plano a otro del ser. Las leyes del Universo no dejan de ser "leyes de hierro" porque sean de naturaleza mental. Todos excepto el TODO, están sujetos a ellas. Lo que está en la infinita mente del TODO es real, sólo un grado menos que la realidad misma que constituye la naturaleza del TODO.

No nos sintamos, pues, inseguros o temerosos; sintámonos firmemente sostenidos en la mente infinita, y nada existe que pueda dañarnos o causarnos miedo. No hay poder alguno fuera del TODO que pueda afectarnos. Podemos permanecer tranquilos y seguros. Y en esta realización, una vez alcanzada, existe una plenitud de seguridad y calma.

Entonces dormiremos serenamente sobre la firmeza inconcebible de lo Profundo, y descansaremos seguramente sobre el Océano de la mente Infinita que constituye al TODO. En Él, ciertamente, vivimos, nos movemos y tenemos nuestro ser.

La materia no es menos materia para nosotros mientras permanezcamos en ese plano, aunque sepamos que no es más que un agregado de partículas de fuerza, o electrones, que vibran rápidamente, girando unas

en torno de otras, en la formación de los átomos. Los átomos, a su vez giran y vibran y forman así las moléculas, y la agrupación de estas últimas componen las grandes masas de materia. Y no será menos materia por el hecho de que, cuando avancemos en nuestra investigación, sepamos que la fuerza, cuyas unidades son los electrones, no son a su vez más que unidades de manifestación de la mente del TODO, y que como todo lo demás en el universo es puramente mental en su naturaleza. Aunque en el plano de la Materia tenemos que reconocer sus fenómenos, podemos dominarla (como lo hacen todos los maestros en menor o mayor grado), aplicándoles las fuerzas superiores. Cometeríamos así una locura si negáramos la existencia de la materia en ese aspecto relativo. Podemos, sí, negar su dominio sobre nosotros; está bien, pero no debemos intentar ignorarla en su aspecto relativo, por lo menos mientras vivamos en este plano.

Las leyes de la naturaleza tampoco se hacen menos constantes o efectivas por el hecho de que las conozcamos y sepamos que son simples creaciones mentales. Obran plenamente en todos los planos. Y

nos libertamos de las leyes inferiores, aplicándoles las superiores, y sólo podemos conseguirlo de ésta manera. Pero no podemos escapar a la Ley o elevarnos por encima de ella completamente. Nadie, sino el TODO, puede escapar a la Ley, y esto es debido a que el TODO es la ley misma, de la cual todas las demás brotan. Los más avanzados maestros pueden adquirir los poderes que se atribuyen generalmente a los dioses, y existen muchos grados del ser en la gran jerarquía de la vida, cuyos poderes trascienden hasta los de los más elevados maestros, en un grado inconcebible para los mortales, pero hasta el Maestro más grande y el ser más elevado debe inclinarse ante la Ley y son como nada ante los ojos del TODO. Así que si hasta esos elevados seres, cuyos poderes exceden a los atribuidos por el hombre a sus dioses, están sujetos y sirven a la Ley, imagina la presunción del mortal de nuestra raza cuando mira las leyes de la Naturaleza como "irreales", visionarias e ilusorias, porque ha podido alcanzar a ver que esas leyes son de naturaleza mental, o simples creaciones del TODO. Esas leyes que el TODO quiere que rijan no pueden ser desafiadas o transgredidas. Mientras subsista el Universo subsistirán, porque aquel existe en virtud de esas leyes, las que forman la trama o el esqueleto en que el Universo se apoya.

El Principio hermético del Mentalismo, a la vez que explica la verdadera naturaleza del Universo sobre la base de que todo es mental, no cambia las concepciones científicas del Universo, de la vida o de la evolución. En

realidad, la ciencia no hace más que corroborar las enseñanzas herméticas. Estas últimas enseñan que la naturaleza del Universo es mental, mientras que la ciencia afirma que es "material"; o, según sus últimas noticias, que es "energía" en el último análisis. Las enseñanzas herméticas tampoco están en pugna con el principio básico de Herbert Spencer, que postuló la existencia de una "Energía Infinita y Eterna, de la cual proceden todas las cosas". En realidad, los hermetistas reconocen en la filosofía de Spencer la más elevada expresión de la obra de las leyes naturales que jamás se promulgara, y creen que Spencer era una reencarnación de un antiguo filósofo que vivió en Egipto millares de años ha, y que más tarde vivió como Heráclito, el filósofo griego que viviera en el año 500 A. C. Y consideran su doctrina de la "energía infinita y eterna"

como de acuerdo con las enseñanzas herméticas siempre con el agregado de que esa energía es la mente del TODO. Con esta clave maestra de la filosofía Hermética puede el estudiante de Spencer abrir muchas puertas de las concepciones filosóficas internas del gran filósofo inglés, cuyas obras demuestran los resultados de su preparación en sus encarnaciones anteriores. Sus enseñanzas respecto a la Evolución y al Ritmo están casi de perfecto acuerdo con la Doctrina Hermética referente al principio del Ritmo.

Así, pues, el estudiante no necesita dejar a un lado los puntos de vista científicos referentes al Universo. Todo lo que se le pide es que comprenda el principio básico de que el TODO es mente, de que el Universo es mental: sostenido firmemente en la mente del TODO. Y

encontrará que los otros seis principios concuerdan perfectamente con este conocimiento científico, y servirán para dilucidar plenamente los puntos oscuros. No hay que maravillarse de ello, si se considera la influencia que el pensamiento hermético ejerciera sobre los filósofos primitivos de Grecia, sobre cuyas doctrinas descansan en gran parte las teorías de la ciencia actual. La aceptación del primer principio hermético (mentalismo) es la única gran diferencia entre la ciencia moderna y los estudiantes herméticos, y la ciencia se va dirigiendo gradualmente hacia ese punto, conforme avanza a través de la oscuridad y va encontrando su camino en el laberinto en que se ha metido en busca de la Realidad.

El objeto de esta lección es imprimir en la mente del estudiante el hecho de que el Universo y sus leyes y sus fenómenos son tan reales, en lo que al hombre concierne, como lo serían bajo la hipótesis del materialismo y de la energía. Bajo cualquier hipótesis, el Universo, en su aspecto externo, está siempre cambiando y es transitorio, y, por consiguiente, está

desprovisto de realidad substancial. Pero, y nótese el otro polo de la verdad, bajo cualquiera de dichas hipótesis estamos obligados a obrar y a vivir como si esas cosas fugaces fueran reales y substanciales. Con esta diferencia siempre, que según las doctrinas se ignoraba el poder mental como Fuerza Natural, mientras que ahora vemos que el Mentalismo es la mayor fuerza de esa clase. Y esta sola diferencia basta para revolucionar la vida de aquellos que comprenden el principio y la práctica y leyes resultantes.

Por último, una vez que se comprenda la ventaja del Mentalismo se aprende a conocer, emplear y aplicar las leyes resultantes. Pero no se caiga en la tentación que, según indica *El Kybalion*, acecha al medio-sabio que lo hace hipnotizarse por la aparente irrealidad de las cosas, siendo su conciencia que camina de un lado para otro como soñando, viviendo en un mundo de ensueños, ignorando la vida diaria y su trabajo, siendo su final que se destrozará contra las rocas y se disolverá en los elementos, en razón de su locura. Más bien seguid el ejemplo del sabio que la misma autoridad indica: "úsese la Ley contra las leyes; lo superior contra lo inferior, y por el arte de la alquimia trasmutad lo que no es deseable en lo estimable, triunfando en esa forma". De acuerdo con esta doctrina, debe evitarse la media-sabiduría, que es locura y que ignora la verdad de que: "El dominio consiste, no en sueños anormales o visiones y fantásticas imaginaciones, sino en emplear las fuerzas superiores contra las inferiores, escapando así a los dolores de los planos inferiores mediante la elevación a los superiores". Recuérdese siempre que la

"transmutación y no la negación presuntuosa es el arma del Maestro".

Las citas antedichas pertenecen a *El Kybalion*, y son muy dignas de tenerlas siempre presentes.

No vivimos en un mundo de sueños, sino en un Universo que, si bien es relativo, es real, por lo menos en lo que concierne a nuestra vida y obras.

Nuestra misión en el Universo no es negar su existencia, sino vivir, empleando debidamente sus leyes para ascender de lo inferior a lo superior, viviendo y haciendo lo mejor que podamos dentro de las circunstancias que surgen cada día, y viviendo, todo lo posible, nuestras más elevadas ideas e ideales. El verdadero significado de la vida no es conocido por el hombre en este plano —si es que alguien lo conoce—; pero los más sabios, y nuestras propias intuiciones también, nos enseñan que no nos equivocaremos si tratamos de vivir lo mejor posible y realizar la tendencia universal en el mismo sentido, a pesar de las aparentes

evidencias en contra. Todos estamos en el Camino, y esta vía va siempre ascendiendo, con frecuentes sitios de reposo.

Léase el mensaje de *El Kybalion*, y sígase el ejemplo del sabio, evitando el error del medio-sabio, quien perece en razón de su locura.

Capítulo VII

El Todo en todo

"Si bien es cierto que todo está en el TODO, no lo es menos que el TODO está en todas las cosas. El que comprende esto debidamente, ha adquirido gran conocimiento."

El Kybalion

¡Cuan a menudo se ha oído a la mayoría repetir la afirmación de que su Deidad era "todo en todo", y cuán poco ha sospechado el íntimo significado oculto encerrado en esas palabras emitidas tan sin ton ni son!

La presión comúnmente empleada es lo que ha quedado de la máxima hermética del epígrafe. Como dice *El Kybalion*: "El que comprende esto debidamente, ha adquirido gran conocimiento". Y si esto es así, tratemos de comprender lo que significa, dada su gran importancia.

En esa máxima está encerrada una de las más grandes verdades filosóficas, científicas y religiosas.

Ya hemos dado la enseñanza hermética concerniente a la naturaleza mental del Universo —la verdad de que "el Universo es Mental, sostenido en la mente del TODO". Como dice *El Kybalion* en el pasaje citado:

"todas las cosas están en el TODO". Pero nótese también la siguiente afirmación correlacionada: "Es igualmente cierto que el TODO está en todas las cosas". Esta contradicción aparente es conciliable según la ley de la Paradoja. Es, además, una afirmación hermética exacta sobre las relaciones que existen en el TODO y su Universo mental. Ya hemos visto como es que todo está en el TODO; examinemos ahora el segundo aspecto del asunto.

La doctrina hermética indica que el TODO es inminente e inherente al Universo, así como en toda parte, partícula, unidad o combinación, dentro del universo.

Los maestros suelen ilustrar este postulado, refiriéndose al Principio de Correspondencia. El instructor pide al estudiante que forme una imagen mental de algo, de una persona, una idea o alguna cosa que tenga forma mental, siendo el ejemplo preferido el de un autor que se esté formando una idea de los personajes, el de un pintor o escultor que esté creando la imagen mental de lo que trata de expresar con su arte. En cada caso el estudiante verá que, aunque la imagen tiene existencia y ser únicamente dentro de su propia mente, sin embargo, el estudiante mismo, autor, pintor, o escultor es, en cierto sentido, inmanente en dicha imagen. En otras palabras, toda la virtud, vida, espíritu o realidad de la imagen mental se deriva de la "inmanente mente" del pensador. Medítese esto un instante hasta que se comprenda bien la idea.

Empleando otro ejemplo, podríamos decir que Otelo, Yago, Hamlet, Lear, Ricardo III, etc., existieron en la mente de Shakespeare en el momento de su concepción o creación. Y, sin embargo, Shakespeare existió también dentro de cada uno de esos personajes, dándoles su vitalidad, su espíritu y su acción.

¿Cuál es el espíritu de los personajes que conocemos como Micawber, Oliver Twist, Uriah Heep?... ¿Es Charles Dickens o tiene cada uno de ellos un espíritu personal, independiente de su creador? ¿Tienen la Venus de Médicis, la Madonna Sixtina, el Apolo de Belvedere, espíritus y realidad propios o representan los poderes mentales y espirituales de sus creadores? La Ley de la Paradoja explica que ambas proposiciones son ciertas, consideradas desde los puntos de vista apropiados. Micawber es, a la vez, Micawber y Dickens. Y mientras puede decirse que Micawber es Dickens, Dickens no es idéntico a Micawber. El hombre, como Micawber, puede exclamar: "El espíritu de mi creador me es inherente, y, sin embargo, yo no soy Él". Esto es muy diferente de la chocante media-verdad que clamorosamente anuncian algunos medio-sabios, diciendo:

"Yo soy Dios". Imaginad al pobre Micawber o al ratero Uriah Heep exclamando: "Yo soy Dickens", o a cualquier otro personaje de las obras de Shakespeare anunciando: "Yo soy Shakespeare". El TODO está en la lombriz, pero la lombriz está muy lejos de ser el TODO. Pero aunque la lombriz exista meramente como una pequeña cosa, creada y teniendo su ser únicamente en la mente del TODO, el TODO es inmanente a ella, así como en las partículas que la componen. ¿Puede haber algún misterio mayor que el encerrado en esa proposición: "Todo está en el TODO y el TODO está en todo?".

El estudiante comprenderá, por supuesto, que las ilustraciones dadas más arriba son necesariamente imperfectas e inadecuadas, porque representan la creación de imágenes mentales en mentes finitas,

mientras que el Universo es la creación de una mente infinita, y la diferencia entre los dos polos las separa. Y, sin embargo, es sólo cuestión de grado —el mismo Principio es el que opera— el Principio de Correspondencia se manifiesta en cada una: "Como es arriba, es abajo; como es abajo, es arriba".

Y en proporción a la realización que obtenga el hombre de la existencia del Espíritu Subyacente inmanente en su propio ser se elevará en la escala de la vida. Esto es lo que significa el desarrollo espiritual; el reconocimiento, la realización y la manifestación del Espíritu interno.

Recuérdese siempre esta definición (la del desenvolvimiento espiritual), porque contiene la verdad de toda verdadera Religión.

Existen muchos Planos del Ser, muchos subplanos de vida, muchos grados de existencia en el Universo. Y todos dependen del adelanto de los seres en la escala, cuyo punto más bajo es la materia más densa, estando el Ser más elevado separado del Espíritu del TODO sólo por una sutilísima división, y por todas partes, a lo largo de esta escala de la vida, todo está en movimiento. Todos están en el sendero, cuyo fin y meta es el TODO. Todo progreso es una vuelta al hogar. Todo se mueve hacia arriba, adelante, a pesar de las aparentes contradicciones. Éste es el mensaje del iluminado.

La doctrina hermética concerniente al proceso de la creación mental del Universo es que, al principio del ciclo creador, el TODO, en su aspecto de ser, proyecta su voluntad hacia su aspecto de "Devenir" y el proceso de la creación comienza. Se dice que este proceso se reduce a una disminución gradual de intensidad vibratoria hasta que se alcanza un grado muy bajo de energía vibrante, en cuyo punto se manifiesta la forma más densa posible de materia. Este proceso se llama involución porque el TODO se "envuelve" en su creación. Y esto tiene su correspondencia en los procesos mentales de un artista, escritor o inventor, quien se

"envuelve" tanto en su creación mental que olvida casi completamente su propia existencia, pues en esos momentos "vive en su creación". Si en vez de la palabra "envolverse" empleáramos la de "absorberse", quizá se diera una idea más clara del significado que trata de sugerir.

A este estado involucionario de la creación suele también llamársele la

"Emanación" de la energía divina, así como el estado evolucionario se denomina "Absorción". Al polo más extremo del proceso creador, se le considera como el más separado del TODO, en tanto que el principio del

estado evolutivo es mirado como un retorno de la oscilación del péndulo del Ritmo, como una vuelta al hogar.

La enseñanza es que durante la Efusión las vibraciones se van amortiguando gradualmente hasta que el impulso amortiguador cesa por último, y entonces se produce el retorno de la oscilación pendular. Pero existe esta diferencia: que mientras en la efusión se manifiestan las fuerzas creadoras compactamente, como un todo desde el comienzo mismo del estado evolutivo o de "reabsorción" se manifiesta la ley de la individualización; esto es, la tendencia a separarse en unidades de fuerza, de tal manera que lo que dejó al TODO como no individualizada energía vuelve a su fuente originaria como innumerables unidades de vida, altamente desarrolladas, que se han ido levantando cada vez más alto en la escala por medio de la evolución física, mental y espiritual.

Los antiguos herméticos empleaban la palabra "meditación" para describir el proceso de la creación mental del Universo en la mente del TODO, habiéndose empleado también frecuentemente la palabra

"contemplación".

Pero la idea que parece sugerir es la del empleo de la Atención Divina.

"Atención" es una palabra derivada de raíz latina, que significa "alcanzar, llegar", y el acto de atención es realmente un "alcance, una extensión"

de la energía mental; de manera, pues, que comprenderemos perfectamente el concepto si examinamos el verdadero significado de la atención.

La doctrina hermética concerniente a la evolución es que el TODO, habiendo meditado sobre el principio de la creación, y establecido así la base material del Cosmos, pensándolo en la existencia, gradualmente va despertándose de su meditación, y al hacerlo produce la manifestación del proceso evolutivo, en los planos material, mental y espiritual, sucesivamente en orden. Así empieza el movimiento ascendente, y todos los seres comienzan a dirigirse hacia el Espíritu. La materia se va haciendo menos densa, las unidades vienen a ser, las combinaciones se inician, la vida aparece y va manifestándose en formas cada vez más elevadas y la mente se va haciendo más evidente, vibrando todo cada vez más intensamente. En una palabra, el proceso entero de la evolución, en todas sus fases, comienza y sigue de acuerdo con las leyes del proceso de "absorción". Todo esto ocupa eones y eones de tiempo, estando compuesto cada eón por millones de años;

pero, según dice el

iluminado, toda la creación, incluyendo la involución y la evolución de un universo, no es más que un abrir y cerrar de ojos para el TODO. Al final de innúmeros ciclos de eones de tiempo el TODO retira su atención (contemplación) o meditación del Universo, porque la Gran Obra ha terminado, y todo queda absorbido en Él de quien otrora emergiera.

Pero el misterio de los misterios es que el Espíritu de cada alma no queda aniquilado, sino que se expande infinitamente, sumergiéndose uno en otro el Creador y el Creado. Ésa es la voz de la iluminación.

La iluminación expuesta sobre la meditación y el subsiguiente despertar de ella del TODO no es, por supuesto, más que un intento de descripción del proceso infinito, mediante un ejemplo finito. Pero, no obstante: "Como es arriba es abajo". La diferencia es sólo de grado. Y así, como el TODO

se despierta de su meditación sobre el Universo, así también el hombre (a su debido tiempo) cesará de manifestarse sobre el plano material y se irá retirando cada vez más en el espíritu Interno, que, ciertamente, es el

"Ego Divino".

Hay otra cosa más de la que deseamos hablar en esta lección, y esto llega muy cerca del campo metafísico de especulación, aunque nuestro propósito es simplemente el mostrar la futilidad de tal especulación.

Aludimos a la pregunta que inevitablemente se presenta ante la mente de todos los pensadores que se han aventurado a buscar la Verdad, la pregunta es: ¿Por qué creó el TODO al Universo? Esta pregunta podrá ser formulada en diferente forma, pero su esencia es siempre la misma.

Mucho han luchado los hombres para contestársela, pero aún no se posee respuesta alguna que merezca ese nombre. Algunos se han imaginado que el TODO ganaría algo con ello, pero eso es absurdo, porque ¿qué es lo que podrá obtener el TODO que ya no posea? Otros dicen que el TODO desea amar a algo, o que lo había creado para divertirse, o porque estaba silo, o para manifestar su poder. Pero todas esas respuestas son pueriles e infantiles y pertenecen a la primera infancia del pensamiento.

Algunos han tratado de explicar el misterio presumiendo que el TODO se vio "compelido" a crear, en razón de su "naturaleza interna", o su "instinto creador".

Esa idea, si bien representa un adelanto sobre las otras, tiene un punto débil. Si su "naturaleza interna o instinto creador" lo impulsara a hacer algo, entonces la naturaleza interna o instinto creador sería el Absoluto, en vez del TODO, y de ahí que la proposición falle por su misma base.

Sin embargo, el TODO crea y se manifiesta y parece encontrar cierta satisfacción al hacerlo. Y es muy difícil escapar a la conclusión de que en algún grado infinito tendría que tener algo que correspondiera a una naturaleza interna o instinto creador en el hombre, con un deseo y Voluntad correspondientemente infinito. No podría obrar si no quisiera hacerlo, no podría hacerlo a menos que lo deseara, y no lo desearía si no obtuviera con ello una satisfacción. Y todas estas cosas pertenecerían a una Naturaleza interna, y podría postularse su existencia de acuerdo con la Ley de Correspondencia, tanto interna como externa. Éste es el problema que yace en la raíz misma de la dificultad y la dificultad que se encuentra en la misma raíz del problema.

Estrictamente hablando, no puede decirse que haya ninguna "razón"

para obrar, porque una razón implica una causa, y el todo está por encima de la causa y del efecto, salvo cuando su voluntad misma se convierte en una causa, en cuyo momento el principio se pone en movimiento. De manera, pues, que no puede pensarse en el mismo asunto, porque como el mismo TODO es incognoscible. Así como nos vemos obligados a decir simplemente: EL TODO ES, así también sólo podemos decir que el TODO OBRA PORQUE OBRA. Y, en último término, el TODO es la razón en sí misma, y puede decirse en verdad que Él es su propia razón, su propia ley; su propio acto, mejor aún: Que el TODO, su razón, su acto y su ley, son uno, siendo las palabras diferentes nombres de la misma cosa. En opinión de los que esto escriben, la respuesta se halla encerrada en el íntimo ser del TODO, en su ser secreto. La Ley de correspondencia, en nuestra opinión, sólo llega al aspecto del TODO que denominamos el aspecto de devenir o de estado.

Tras ese aspecto está el de ser, en el cual todas las leyes se pierden en la Ley, todos los principios en el Principio y el TODO, el Principio y el Ser, son idénticos, uno y lo mismo.

Por consiguiente, toda especulación metafísica sobre el punto es fútil. Si nos ocupamos aquí de la cuestión es sólo para mostrar que, si bien reconocemos el hecho, reconocemos también lo absurdo de las respuestas dadas por metafísicos y teólogos.

En conclusión, podrá ser de interés para los estudiantes el saber que en tanto que algunos de los antiguos y modernos instructores herméticos se inclinan más bien a aplicar el Principio de Correspondencia a la cuestión, que da por resultado la "naturaleza interna", la leyenda dice que Hermes, el Grande, cuando le fue hecha esa pregunta por algunos de sus más avanzados estudiantes, contestó apretando los labios fuertemente y no diciendo una palabra, como si indicara que no había respuesta. Pero también puede ser que quisiera aplicar el axioma de esta filosofía que dice que "los labios de la Sabiduría permanecen cerrados, excepto para los oídos del entendimiento", en la creencia de que aún sus más aventajados discípulos no poseían la comprensión necesaria que los calificara para esa enseñanza. De cualquier manera, si Hermes poseyó el Secreto no lo comunicó, y por lo menos en lo que al mundo concierne los labios de Hermes están cerrados al respecto. Y si Hermes el Grande vaciló en hablar, ¿quién sería el osado mortal que tratara de enseñarlo?

Pero, recordémoslo, cualquiera que sea la respuesta de este problema, si es que hay alguna, la verdad es que: "Si bien es cierto que todo está en el TODO, no lo es menos que el TODO está en todas las cosas". La proposición en este punto es enfática. Y, para terminar, repetiremos las palabras de la cita: "El que comprenda esto debidamente, ha adquirido gran conocimiento".

Capítulo VIII

Los planos de correspondencia

"Como es arriba, es abajo; como es abajo, es arriba."

El Kybalion

El segundo gran principio hermético encierra la verdad de que existe entre los diversos planos de manifestación de la vida y del ser una armonía, concordancia y correspondencia. Esta verdad lo es porque todo cuanto hay en el Universo emanó de la misma fuente, y las mismas leyes, principios y características se aplican a cada unidad o combinación de unidades de actividad, conforme cada una manifiesta su propio fenómeno en su propio plano.

Para facilitar la meditación y el estudio, la Filosofía hermética considera que el Universo puede dividirse en tres grandes clases de fenómenos, conocidas como los tres Grandes Planos:

I.

EL PLANO FÍSICO.

II.

EL PLANO MENTAL.

III.

EL PLANO ESPIRITUAL.

Estas divisiones son más o menos artificiales y arbitrarias, porque la verdad es que las tres divisiones no son más que grados ascendentes en la gran escala de la vida, siendo el punto más bajo la materia indiferenciada, y el más elevado el del Espíritu. Y, además, los diferentes planos se esfuman unos en otros, de manera que no puede establecerse una división firme y nítida entre la parte superior del Plano Físico y la inferior del Mental.

En una palabra, los tres grandes planos pueden ser considerados como tres grandes grupos de grados de vida en manifestación. Y aunque el propósito de este libro no nos permite entrar en una explicación extensa de los mismos, daremos una descripción general de ellos.

Para principiar podemos considerar la pregunta tan a menudo formulada por el neófito, que desea saber lo que significa realmente la palabra

"Plano", término que se usa libremente, y que apenas ha sido explicado,

en muchas obras de ocultismo. La pregunta se formula generalmente así:

"¿Un Plano es un lugar que tiene dimensiones, o no es más que una condición o estado?" Y podemos contestar "No, no es un lugar ni una dimensión ordinaria del espacio; pero, sin embargo, es más que un estado o condición". Puede ser considerado como un estado o condición; pero, no obstante, el estado o condición es un grado dimensional, es una escala, y está sujeto a medida. Parecerá esto quizá una paradoja, pero examinemos el punto. Una "dimensión" es una medida en línea recta, relacionada con una medida base, etc. Las dimensiones ordinarias del espacio son longitud o largo, latitud o ancho, y grosor o altura. Pero existe otra dimensión de las cosas creadas, o medida en línea recta, conocida por los ocultistas y también por los hombres de ciencia, aunque estos últimos no le hayan dado todavía el nombre de dimensión. Esta nueva dimensión, que por el momento es la base de muchas especulaciones bajo el nombre de Cuarta Dimensión, es el tipo usado para determinar los

"grados" o planos.

Esta cuarta dimensión puede ser denominada la de la "Vibración". Es un hecho bien conocido por la ciencia moderna, así como por los hermetistas, quienes han encerrado esa verdad en su tercer principio, que "todo está en movimiento, todo vibra, nada está en reposo". Desde la más elevada manifestación hasta la más baja, todas las cosas vibran. Y no solamente vibran con diferente intensidad, sino en diferentes dimensiones y de diferente manera. Los grados de "intensidad" vibratoria constituyen los grados para medir en la escala de vibraciones, o sea los grados de la Cuarta Dimensión. Todos estos grados forman lo que los ocultistas llaman

"planos".

Cuanto más elevado es el grado de vibración, tanto más elevado es el plano. De manera, pues, que aunque un plano no es un lugar, ni estado o condición, posee, sin embargo, cualidades comunes a ambos. Algo más tendremos que decir sobre las vibraciones en los próximos capítulos, en los que estudiaremos el principio hermético de Vibración.

Se recordará, no obstante, que los tres grandes planos no son divisiones actuales y reales de los fenómenos del Universo, sino simples medios arbitrarios empleados por los herméticos para ayudar al pensamiento y al estudio de los diversos grados y formas de la actividad y de la vida universales. El átomo de la materia, la unidad de fuerza, la mente del hombre y el ser del arcángel, no son más que grados de una sola y misma escala, y todos son fundamentalmente los mismos, siendo la

diferencia sólo cuestión de grado y de intensidad vibratoria: todos son creaciones del TODO, y tienen su existencia dentro de su mente infinita.

Los herméticos subdividen cada uno de esos tres grandes planos en siete planos menores, y cada uno de éstos en siete subplanos, siendo estas divisiones más o menos arbitrarias, esfumándose unas en otras, pero han sido adoptadas por conveniencias del estudio científico.

El Gran Plano Físico, y sus siete planos menores, es la división que comprende todos los fenómenos del universo que se refieren a las cosas, fuerzas y manifestaciones físicas. Incluye todas las formas de lo que conocemos como materia, y toas las formas de lo que llamamos energía o fuerza. Pero se debe recordar que la Filosofía Hermética no reconoce la materia como una cosa en sí misma, o como si tuviera una existencia separada de la mente del TODO. La proposición es que la materia no es más que una forma de energía, esto es, energía de una intensidad vibratoria inferior de cierta clase. Y de acuerdo con ello, los herméticos clasifican la materia bajo el título de energía, y le adjudican tres de los siete planos menores del Gran Plano Físico.

Dichas siete divisiones menores son las siguientes:

I.

EL PLANO DE MATERIA (A)

II.

EL PLANO DE MATERIA (B)

III.

EL PLANO DE MATERIA (C)

IV.

EL PLANO DE SUSTANCIA ETÉRICA.

V.

EL PLANO DE ENERGÍA (A)

VI.

EL PLANO DE ENERGÍA (B)

VII.

EL PLANO DE ENERGÍA (C)

El Plano de Materia A comprende las formas materiales sólidas, líquidas y gases, tal como lo reconocen generalmente las obras de texto físicas. El Plano de Materia B comprende ciertas formas más elevadas y sutiles de la existencia que la ciencia recién comienza a conocer: los fenómenos de la materia radiante, bajo sus fases de radium, etc., que pertenecen a la subdivisión más inferior de este plano menor. El Plano de la Materia C

comprende formas de la materia más sutil y tenue, cuya existencia ni siquiera sospechan los hombres de ciencia actuales. El Plano de la sustancia Etérea comprende lo que la ciencia denomina "éter", sustancia de tenuidad extrema y de prodigiosa elasticidad, que compenetra todo el Espacio Universal y que obra como médium para la transmisión de ondas

de energía tales como la luz, el calor, la electricidad, etc. Esta sustancia etérica es el eslabón de unión entre la llamada materia y la energía, participando de la naturaleza de ambas. La doctrina hermética dice que ese plano tiene siete subdivisiones (como las tienen los demás planos menores), y que, en realidad, hay siete éteres en vez de uno.

Inmediatamente después viene el Plano de la Energía A, que comprende las formas de energía que la ciencia conoce corrientemente, siendo sus siete subdivisiones respectivamente: Calor, Luz, Magnetismo, Electricidad, Atracción (gravitación, cohesión, afinidad química, etc.) y otras varias formas de fuerza que revelan los experimentos científicos, pero que aún no han sido denominadas o clasificadas. El Plano de la Energía B

comprende siete subdivisiones de las más elevadas modalidades de energía, que aún no ha descubierto la ciencia, pero que han sido llamadas "Las Fuerzas Sutiles de la Naturaleza", cuya manifestación se provoca mediante ciertos fenómenos mentales, cuyos fenómenos son posibles merced a ellas. El Plano de la Energía C comprende siete subdivisiones de energía tan elevadamente organizada que tiene muchas de las características de la vida, pero no son reconocidas por el hombre en el actual estado de desarrollo, siendo utilizables solamente para los seres del Planeta Espiritual. Esa energía es inconcebible y puede ser considerada casi como "poder divino". Los seres que la emplean son como dioses, aun comparándolos con el tipo humano más elevado que conozcamos.

El Gran Plano Mental comprende esas formas de cosas vivientes que conocemos en la vida ordinaria, así como otras formas no tan bien conocidas, salvo por los ocultistas.

La clasificación de los siete planos mentales menores no es muy satisfactoria sino más bien arbitraria (salvo que se acompañara por complicadas explicaciones que son ajenas al propósito de este libro), pero la mencionaremos.

I.

EL PLANO DE LA MENTE MINERAL

II.

EL PLANO DE LA MENTE ELEMENTAL A

III.

EL PLANO DE LA MENTE VEGETAL

IV.

EL PLANO DE LA MENTE ELEMENTAL B

V.

EL PLANO DE LA MENTE ANIMAL

VI.

EL PLANO DE LA MENTE ELEMENTAL C

VII.

EL PLANO DE LA MENTE HUMANA.

El Plano de la Mente Mineral comprende los estados o condiciones de las unidades o entidades, o grupos y combinaciones de las mismas, que animan las formas conocidas bajo el nombre de minerales, substancias químicas, etc. Estas entidades no deben ser confundidas con las moléculas, átomos y corpúsculos siendo estos últimos sólo el cuerpo material de dichas entidades, así como el cuerpo del hombre no es más que su forma material y no él mismo. A esas entidades se las puede llamar "almas" en cierto sentido, y son seres vivientes de escaso grado de desarrollo, vida y mentalidad, apenas un poco más que las unidades de "energía viviente" que comprenden las subdivisiones superiores del más elevado plano físico. El hombre corriente no suele atribuir mente, alma o vida al reino mineral, pero todos los ocultistas reconocen la existencia del mismo, y la ciencia moderna se está encaminando rápidamente hacia este punto de vista. Las moléculas, átomos y corpúsculos tienen sus "odios y amores", gustos y desagrados, atracciones y repulsiones, afinidades y no-afinidades, etc., y algunos hombres de ciencia han expresado la opinión de que el deseo y la voluntad, las emociones y sentimientos de los átomos sólo difieren en grado de los del hombre. No tenemos espacio para discutir el asunto aquí.

Todos los ocultistas saben que es un hecho, y otros se refieren a los descubrimientos científicos más recientes para que se vea su corroboración. Este plano tiene las siete subdivisiones habituales.

El Plano de la Mente Elemental A comprende el estado o condición y grado de desarrollo mental y vital de una clase de entidades desconocidas para el hombre corriente, pero que el ocultista conoce. Son invisibles para los sentidos ordinarios del hombre, pero, no obstante, existen y desempeñan su papel en el Drama del Universo. Su grado de inteligencia es intermedio entre las entidades minerales y químicas por una parte y las entidades del reino animal por la otra. Hay siete subdivisiones en este plano también.

El Plano de la Mente Vegetal y sus siete subdivisiones comprende los estados o condiciones de las entidades que encierra el mundo vegetal, los fenómenos mentales y vitales que se conocen corrientemente.

Muchas e interesantes obras científicas se han escrito últimamente sobre la mente y la vida en las plantas. Los vegetales tienen vida, mente y alma, tanto como los animales, el hombre y el superhombre.

El Plano de la Mente Elemental B y sus siete subdivisiones comprende los estados y condiciones de una forma de elementales o entidades

invisibles, que hacen su obra en el Universo, cuya mente y vitalidad forma parte de la escala entre el Plano de la Mente Vegetal y el Plano de la mente Animal, participando dichas entidades de la naturaleza de ambos.

El Plano de la Mente Animal y sus siete subdivisiones comprende los estados y condiciones de las entidades, seres o almas, que animan los cuerpos vivientes de los animales y que son familiares a todos. No es necesario entrar en detalles concernientes a este reino o plano de vida, porque el mundo animal nos es tan familiar como el nuestro propio.

El Plano de la Mente Elemental C y sus siete subdivisiones comprende las entidades o seres invisibles, que participan de la naturaleza de la vida animal y humana, en determinado grado y combinación. Los elementos pertenecientes a este plano y que están en el grado más elevado del mismo, son semihumanos en inteligencia.

El Plano de la mente Humana y sus siete subdivisiones comprende las manifestaciones de la vida y mentalidad que son comunes al hombre en sus varios grados y divisiones. En este punto debemos indicar el hecho de que el hombre corriente actual ocupa la cuarta subdivisión del Plano de la mente Humana, y sólo los más inteligentes han cruzado los límites de la quinta subdivisión. Millones de años ha empleado la raza para alcanzar este estadio, y tardará muchos años más en llegar a las subdivisiones sexta y séptima. Pero debemos recordar que ha habido razas anteriores a las nuestras que han pasado por esos grados y después más allá de ellos. Nuestra propia raza es la quinta (con más los rezagados de la cuarta) que huella el Sendero. En ella ha habido unas cuantas almas avanzadas que han sobrepasado a la masa y han llegado a la sexta y hasta la séptima subdivisión, y algunos un poco más allá todavía. El hombre de la sexta subdivisión será el superhombre, y el de la séptima el ultra hombre.

Al considerar los siete planos mentales menores nos hemos referido a los tres planos elementales en un sentido general. No deseamos entrar en mayores detalles en esta obra, porque el asunto no pertenece a este plano de la filosofía y enseñanzas generales. Pero hemos dicho esto para dar una idea un poco más clara de las relaciones de estos planos con los que nos más familiares. Los Planos Elementales guardan la misma relación en mentalidad y vitalidad con los Planos Mineral, Vegetal, Animal y Humano, que las teclas negras de un piano con las blancas. Las teclas blancas bastan para producir música, pero hay ciertas escalas, melodías

y armonías en las que las teclas negras desempeñan su parte, siendo necesaria su presencia. Son también necesarias como eslabones de unión en las condiciones anímicas, o estados de ser diversos, entre los demás planos, alcanzándose así ciertas formas de desenvolvimiento. Y

este hecho dará al lector que pueda leer entre líneas una luz nueva sobre el proceso de la evolución, una nueva clave para la secreta puerta de la vida que se oculta entre reino y reino. Todos los ocultistas conocen perfectamente esos grandes reinos de Elementales, y las obras esotéricas están llenas de alusiones a los mismos.

Pasando del gran Plano Mental al Gran Plano Espiritual, ¿qué es lo que podríamos decir?, ¿Cómo podríamos explicar esos elevados estados del ser, de la vida y de la mentalidad a mentes que son todavía incapaces de comprender las subdivisiones más elevadas del Plano de la Mente Humana? Esa tarea es imposible. Sólo podemos hablar en los términos más generales. ¿Cómo podría describirse la luz a un hombre que haya nacido ciego?, ¿Cómo explicar el azúcar a quien nunca ha probado algo dulce?, ¿Cómo hablar de armonía a un sordo?.

Todo lo que podemos decir es que los siete planos menores del Gran Plano Espiritual (cada uno de los cuales tiene las usuales siete subdivisiones), comprenden seres tan superiores al hombre actual como este último es superior al gusano o quizás a formas aún inferiores. La vida de esos seres trasciende tanto a la nuestra que ni siquiera podemos pensar en los detalles de las mismas. Su mente es tan elevada que, por ellos, nosotros apenas si pensamos, y nuestros procesos mentales les parecen puros procesos materiales. La materia que forma sus cuerpos es del plano más elevado, y algunos se dicen que están envueltos por pura energía. ¿Qué es lo que podría decirse sobre tales seres?

En los siete planos menores del Gran Plano Espiritual existen seres de quienes hablamos como Ángeles, Arcángeles o semi-dioses. En los planos menores inferiores viven aquellos a quienes damos el nombre de Maestros y Adeptos. Sobre ellos están las grandes jerarquías de huestes angélicas, inconcebibles para el hombre, y sobre ellas están los que sin irreverencia alguna podrían llamarse dioses, pues su grado de elevación en la escala es tan alto, tan grande su poder e inteligencia, que sobrepasan a todas las concepciones que el hombre se ha formado sobre la Deidad. Esos hombres están de todo cuanto se pueda imaginar, siendo la palabra "Divino" la única que se les podría aplicar. Muchos de esos seres, incluso las huestes angelicales, tienen sumo interés por las cosas

del Universo y desempeñan un papel importantísimo en sus procesos.

Esas invisibles divinidades y auxiliares angélicas ejercen su influencia libremente y poderosamente en la obra de la evolución y del progreso cósmico. Su intervención ocasional y auxilio directo en los asuntos humanos han dado origen a muchas leyendas, creencias, religiones y tradiciones de las razas pasadas y actuales. Han superpuesto su conocimiento y poder sobre el mundo una y otra vez, todo bajo la ley del TODO, por supuesto.

Pero sin embargo, aún esos elevadísimos seres existen meramente como creaciones de la mente del TODO y están sujetos a los procesos cósmicos y a las leyes universales. Son todavía mortales, podemos llamarlos "dioses" si nos agrada, pero no son más que nuestros hermanos mayores: las almas avanzadas que han sobrepasado a sus compañeras y que han renunciado temporalmente al éxtasis de la absorción en el TODO, para poder ayudar a la raza en su ascendente jornada en el Sendero. Pero pertenecen al Universo y están sujetos a sus condiciones —son mortales y su plano es inferior al del Espíritu Absoluto.

Sólo los herméticos más avanzados son capaces de comprender las enseñanzas secretas concernientes al estado de existencia y a los poderes manifestados en los planos espirituales. El fenómeno es tan superior al que se produce en los Planos Mentales que cualquier intento de descripción sólo serviría para producir una gran confusión de ideas.

Únicamente aquellos cuya mentalidad ha sido cuidadosamente educada en la Filosofía Hermética durante años enteros, y los que han traído consigo, de encarnaciones anteriores, el conocimiento adquirido previamente, pueden comprender adecuadamente lo que significan las enseñanzas referentes a los planos espirituales. Y muchas de ellas las guardan celosamente los herméticos por considerarlas demasiado sagradas, importantes y hasta peligrosas, como para divulgarlas públicamente. El estudiante inteligente comprenderá lo que esto significa si dijéramos que el significado de la palabra "Espíritu", tal como lo usan los herméticos, es sinónimo de "poder viviente", de fuerza animada, de esencia interna o vital, etc., significación que no debe confundirse con lo que generalmente se atribuye al término en cuestión: "religioso, eclesiástico, espiritual, etéreo, santo, etc.". El ocultista emplea la palabra Espíritu en el sentido de "principio animador", lo que lleva consigo la idea de poder, de energía viviente, de fuerza mística, etc. El ocultista sabe muy bien que lo que él conoce como poder espiritual puede ser empleado con fines buenos o malos (de acuerdo con el principio de polaridad),

hecho que ha sido reconocido por la mayoría de las religiones en sus concepciones de Satanás, Belcebú, el Diablo, Lucifer, Ángeles caídos, etc.

por esta razón el conocimiento referente a esos planos ha sido mantenido en el secreto, en el Santuario de los Santuarios de todas las fraternidades esotéricas y órdenes ocultas. Ha sido guardado en la más secreta cámara del Templo. Pero, y esto si podemos decirlo, los que han alcanzado grandes poderes espirituales y los han empleado mal se han creado un Destino terrible, y la oscilación del péndulo del Ritmo inevitablemente los llevará al otro extremo de la existencia material, desde cuyo punto tendrán que volver nuevamente a hacer el mismo camino a lo largo de las múltiples espirales del Sendero, pero siempre tendrán como castigo el recuerdo vibrante de las cumbres donde cayeron debido a su mal obrar.

Las leyendas sobre los ángeles caídos tienen una base real, como saben todos los ocultistas. La lucha interesada por el poder en los planos espirituales inevitablemente produce que el alma egoísta pierda su equilibrio espiritual y caiga tan abajo como había ascendido. Pero, aun a estas almas, se les presenta la oportunidad de volver sobre sus pasos, y hacen la jornada de vuelta pagando la tremenda penalidad, de acuerdo con la invariable ley.

Para concluir, recordamos que, de acuerdo con el principio de Correspondencia que encierra la verdad de que "Como es arriba, es abajo; como es abajo, es arriba", todos los siete principios herméticos están en plena operación en los diversos planos, físico, mental y espiritual.

El Principio de la Sustancia Mental se aplica, por supuesto, a todos los planos, porque todos están en la mente del TODO. El Principio de Correspondencia se manifiesta en todos, porque existe analogía, acuerdo, correspondencia y concordancia entre los varios planos. El Principio de Vibración se manifiesta también en todos los planos, pues las diferenciales que los dividen son consecuencia de la vibración, como ya hemos explicado. El Principio de Polaridad se manifiesta en cada plano, siendo los extremos o polos aparentemente opuestos y contradictorios. El Principio del ritmo se manifiesta en cada plano, con flujo y reflujo, ascenso y descenso, ingreso y egreso. El Principio de Causa y Efecto se manifiesta en cada plano, teniendo todo efecto su causa y toda causa su efecto. El Principio de Género se manifiesta en cada plano, estando siempre expresada la energía creadora y operando mediante los aspectos masculino y femenino.

"Como es arriba, es abajo; como es abajo, es arriba". Los milenarios axiomas herméticos encierran los grandes principios de los fenómenos

universales. Conforme vayamos considerando los restantes principios, veremos cada vez más clara la verdad de la naturaleza universal de este gran Principio de Correspondencia.

Capítulo IX

Vibración

"Nada reposa; todo se mueve; todo vibra."

El Kybalion

El tercer Gran Principio Hermético —el Principio de la Vibración—

encierra la verdad de que el movimiento se manifiesta en todo el Universo.

Nada está en reposo, todo se mueve vibra y circula. Este principio hermético fue reconocido por algunos de los primitivos filósofos griegos, quienes lo expusieron en sus sistemas. Pero después, durante siglos enteros, quedó olvidado, salvo por los perseguidores de las doctrinas herméticas. En el siglo XIX la ciencia física ha redescubierto esa verdad, y los descubrimientos científicos del siglo XX han aportado su testimonio en corroboración de esa verdad sostenida por la antiquísima Filosofía Hermética.

La doctrina hermética no afirma solamente que todo está en movimiento constante, sino que las diferencias entre las diversas manifestaciones del poder universal se deben por completo al diferente modo e intensidad vibratoria. Y no sólo esto, sino que aun el TODO mismo manifiesta una vibración constante de tal infinita intensidad y rapidez, que prácticamente puede considerarse como si estuviera en reposo. Los instructores llaman la atención del estudiante sobre el hecho de que aun en el plano físico un objeto que gire rápidamente, como una rueda, por ejemplo, parece estar inmóvil. El espíritu es uno de los polos de la vibración, constituyendo el otro polo formas de materia extremadamente densas. Entre ambos polos hay millones y millones de diferentes intensidades y modos de vibración.

La ciencia moderna ha comprobado que todo lo que llamamos materia y energía no es más que "modos de movimientos vibratorios", y algunos de los más avanzados hombres de ciencia se están encaminando rápidamente hacia el punto de vista que los ocultistas tienen sobre los fenómenos de la mente: simples modos de vibración o movimiento.

Veamos ahora lo que la ciencia tiene que decir sobre las vibraciones en la materia y en la energía.

En primer lugar, la ciencia dice que toda materia manifiesta, en algún grado, la vibración producida por la temperatura o el calor. Esté un objeto frío o caliente (pues ambos no son más que grados de la misma cosa),

manifiesta ciertas vibraciones calóricas, y en ese sentido está en vibración. Todas las partículas de materia están siguiendo un movimiento circular, lo mismo los corpúsculos que los astros. Los planetas giran en torno de un sol, y muchos de ellos giran también sobre sus propios ejes.

Los soles, a su vez, giran en torno de puntos centrales mayores, y se cree que éstos giran también alrededor de otros todavía más grandes, y así sucesivamente, ad *infinitum*. Las moléculas de que se compone cualquier clase de materia están en constante vibración, moviéndose unas en torno de otras, y también unas contra otras. Las moléculas están compuestas por átomos, los que, como aquellas, también están en constante movimiento y vibración. Los átomos están compuestos por corpúsculos, llamados también "electrones", "iones", etc., los que también están en un estado de rapidísima moción, girando unos en torno de otros, con diversas modalidades vibratorias. Y de esta manera toda materia manifiesta vibración, de acuerdo con el principio hermético correspondiente.

Y así sucede también con las diversas formas de energía. La ciencia dice que la luz, el calor, el magnetismo y la electricidad no son más que formas de movimiento vibratorio relacionado de alguna manera con el éter, o probablemente emanado de él. La ciencia no ha tratado aún de explicar la naturaleza del fenómeno conocido como cohesión, que es el principio de la atracción molecular, ni de la afinidad química, que es el principio de la atracción atómica; ni de la gravitación (el mayor misterio de los tres), que es el principio de atracción por el cual toda partícula o masa de materia se siente atraída hacia toda otra partícula o masa. Estas tres modalidades de la energía no las comprende aún la ciencia, si bien los estudiosos se inclinan a pensar que son también manifestaciones de alguna forma de energía vibratoria, cosa que los herméticos han enseñado durante largas edades en el pasado.

El éter universal, cuya existencia postula la ciencia sin comprender claramente su naturaleza, ya había sido explicado por los herméticos, quienes aseguraban que era una manifestación superior de lo que erróneamente se llamaba materia; es decir, que el éter era materia en un grado de vibración superior. El nombre que le daban era el de Sustancia Etérea, y decían que esta sustancia era de tenuidad y elasticidad extremas, llenando el espacio universal, sirviendo como médium de transmisión para las ondas de energía vibratoria como el calor, la luz, la electricidad, el magnetismo, etc. La sustancia etérea es el eslabón de unión entre la modalidad de energía vibratoria que conocemos como

materia por un lado y la que conocemos como energía o fuerza, por el otro, manifestando además un grado de vibración, en intensidad y modo, completamente propio.

Los hombres de ciencia proponen como ilustración para ver los efectos del aumento de vibración una rueda girando con gran rapidez.

Supongamos primeramente que la rueda gira lentamente. Entonces diríamos que es un "objeto". Si el objeto gira lentamente lo podremos ver fácilmente, pero no sentimos el menor sonido. Aumentándose gradualmente la velocidad en pocos momentos se hace ésta tan rápida que comienza a oírse una nota muy baja y grave. Conforme sigue aumentando la velocidad la nota se va elevando en la escala musical, y así se van distinguiendo unas tras otras las diversas notas conforme aumenta la velocidad de rotación. Finalmente, cuando el movimiento ha llegado a cierto límite se llega a la última nota perceptible por el oído humano, y si la velocidad aumenta aún, sigue el mayor silencio.

Nada se oye ya, pues la intensidad del movimiento es tan alta que el oído humano no puede registrar sus vibraciones. Entonces comienzan a percibirse poco a poco sucesivos grados de color. Después de un tiempo el ojo comienza a percibir un oscuro color rojo. Este rojo va haciéndose cada vez más brillante. Si la velocidad sigue aumentando el rojo se convertirá en anaranjado, el anaranjado en amarillo. Después seguirán sucesivamente matices verdes, azules y añil, y finalmente aparecerá el matiz violeta. La velocidad se acrecienta más aún: entonces desaparece todo color, porque el ojo humano ya no puede registrarlos. Pero ciertas radiaciones humanas emanan del objeto en revolución: los rayos que se usan en la fotografía y otras radiaciones sutiles de la luz.

Después comienzan a manifestarse los rayos conocidos bajo el nombre de X, y más tarde empiezan a emanarse electricidad y magnetismo.

Cuando el objeto ha alcanzado cierto grado de vibración, sus moléculas se desintegran, resolviéndose en sus elementos originales o átomos.

Después de los átomos, según el principio de vibración, se separarían en innumerables corpúsculos o electrones, de los que están compuestos. Y, finalmente, hasta los corpúsculos desaparecerían y podría decirse que el objeto estaría compuesto por sustancia etérea. La ciencia no se atreve a llevar la ilustración más allá, pero los herméticos dicen que si las vibraciones continuaran aumentando el objeto pasaría sucesivamente por estados de manifestación superiores, llegando al plano mental y después

al espiritual, hasta ser por último absorbido en el TODO QUE ES EL

Espíritu Absoluto. El "objeto", sin embargo, habría dejado de ser tal mucho antes de llegar a la sustancia etérea, pero de todas maneras la ilustración es correcta en cuanto demuestra los efectos del aumento continuo de la intensidad vibratoria. Debe recordarse que en la ilustración anterior, con el llegar a los estados en que el objeto irradia color, luz, etc., no se ha resuelto aún la cuestión en esas formas de energía (que están en un grado mucho más elevado), sino que simplemente llega a un grado de vibración en el que esas energías se libertan hasta cierto punto de las limitadoras influencias de las moléculas, átomos y corpúsculos. Esas energías, si bien son muy superiores en la escala a la materia, están aprisionadas y confinadas en las combinaciones materiales, en razón de las fuerzas que se manifiestan a través de ellas, y empleando formas materiales, y de esta manera se confinan en sus creaciones corpóreas, lo que, hasta cierto punto, es cierto en toda creación, quedando la fuerza creadora envuelta en su propia creación.

Pero la doctrina hermética va mucho más allá que la ciencia moderna, y afirma que toda manifestación de pensamiento, emoción, razón, voluntad, deseo o cualquier otro estado mental, va acompañada por vibraciones, parte de las cuales se emanan al exterior y tienden a afectar las mentes de los demás por "inducción". Esta es la causa de la telepatía, de la influencia mental y de otros efectos del poder de una mente sobre otra, la que ya va siendo de dominio público, debido a la gran cantidad de obras de ocultismo que están publicando discípulos e instructores sobre estas materias.

Cada pensamiento, emoción o estado mental tiene en su correspondiente intensidad y modalidad vibratoria. Y, otras, esos estados mentales pueden ser reproducidos, así como una nota musical puede ser reproducida haciendo vibrar las cuerdas de un instrumento con la velocidad requerida, o como se puede reproducir un color cualquiera.

Conociendo el Principio de Vibración, aplicado a los fenómenos mentales, uno puede polarizar su mente en el grado que quiera, obteniendo así un perfecto dominio y contralor sobre sus estados mentales. De la misma manera, podrá afectar las mentes de los demás, produciendo en ellos los requeridos estados mentales. En una palabra, podrá producir en el Plano Mental lo que la ciencia produce en el físico, o sea las vibraciones a voluntad. Este poder, por supuesto, puede adquirirse únicamente mediante las instrucciones, ejercicios y prácticas apropiadas, siendo la ciencia que las enseña, la de la "transmutación mental", una de la rama de la Filosofía Hermética.

Un poco de reflexión sobre lo que hemos dicho mostrará que el Principio de Vibración está oculto tras todos los maravillosos fenómenos de los poderes manifestados por los Maestros y Adeptos, quienes pueden aparentemente eludir las leyes de la Naturaleza, pero que, realmente, no hacen más que emplear una ley contra otra, un principio contra otros, y que llevan a cabo sus resultados modificando las vibraciones de las cosas materiales o de las energías, realizando así lo que comúnmente llamamos milagros.

Como dijo una de las más antiguas autoridades herméticas: "Aquel que ha comprendido el Principio de Vibración, ha alcanzado el cetro del Poder".

Capítulo X

Polaridad

"Todo es dual, todo tiene polos; todo su par de opuestos; los semejantes y desemejantes son los mismos; los opuestos son idénticos en naturaleza, difiriendo sólo en grado; los extremos se tocan; todas las verdades, son medias verdades, todas las paradojas pueden reconciliarse."

El Kybalion

El Cuarto Gran Principio Hermético —el Principio de polaridad— encierra la verdad de que todas las cosas manifestadas tienen dos lados, dos aspectos, dos polos; un par de opuestos con innumerables grados entre ambos extremos. Las antiguas paradojas, que siempre han confundido la mente de los hombres, quedan explicadas si se comprende este principio.

El hombre siempre ha reconocido algo semejante a este principio y ha tratado de expresarlas con dichos, máximas o aforismos como los siguientes: "Todo es y no es al mismo tiempo"; "todas las verdades no son más que medias-verdades"; "toda verdad es medio-falsa"; "Todas las cosas tienen dos lados"; "siempre hay un reverso para cada anverso", etc.

Las enseñanzas herméticas opinan sobre la diferencia que existe entre cosas aparentemente opuestas diametralmente, que es sólo cuestión de grado. Y afirma que todo par de opuestos puede conciliarse y que la tesis y la antítesis son idénticas en naturaleza, difiriendo sólo en grado. La conciliación universal de los opuestos se efectúa reconociendo este Principio de Polaridad. Ejemplo de este principio pueden encontrarse en todas partes, después de un examen de la naturaleza real de las cosas.

El espíritu y la materia no son más que polos de las mismas cosas, siendo los planos intermediarios cuestión de grados vibratorios meramente. El TODO y los muchos son los mismos, residiendo la diferencia solamente en el grado de manifestación mental. De manera, pues, que la LEY y las leyes son los dos polos de una sola y misma cosa.

E igual sucede con el PRINCIPIO y los principios, con la MENTE infinita y la mente finita.

Si pasamos al plano físico encontramos que el Calor y el Frío son de naturaleza idéntica, siendo la diferencia simple cuestión de grados. El termómetro indica los grados de temperatura, siendo el polo inferior el llamado "frío" y el superior "calor". Entre ambos hay muchos grados de calor y frío, pues cualquier nombre que se les dé es correcto. De dos grados, el superior es siempre más caliente en comparación con el inferior, que es más frío. No hay absolutamente un tipo fijo: todo es cuestión de grado. No hay ningún sitio en el termómetro en el que cese el calor y comience el frío absolutamente. Todo se reduce a vibraciones más o menos elevadas o bajas. Las mismas palabras "elevado" y "bajo" que nos vemos obligados a usar, no son más que polos de la misma cosa: los términos son relativos. Así sucede igualmente con el "Este" y el "Oeste".

Si viajamos alrededor del mundo en dirección al oriente, llegaremos a un punto que se llama occidente, considerándolo desde el punto de partida.

Marchemos suficientemente lejos hacia el Norte y pronto nos encontraremos viajando hacia el sur y viceversa.

La Luz y la oscuridad son polos de la misma cosa, con muchos grados entre ambos. La escala musical es la misma. Partiendo del sí en adelante llegaremos a encontrar otro sí y así sucesivamente, siendo las diferencias entre los extremos también cuestión de grados. En la escala del color sucede otro tanto, siendo la intensidad vibratoria la única diferencia que existe entre el rojo y el violeta. Lo grande y lo pequeño son cosas relativas. Igualmente lo es el ruido y la quietud, lo duro y lo blando, lo afilado y lo romo. Positivo y negativo son los dos polos de una misma cosa, con innumerables gradaciones entre ambos.

Bueno y malo no son cosas absolutas; A un extremo lo llamamos bueno y al otro malo, o Bien al uno y Mal al otro, de acuerdo con el sentido que queramos darle. Una cosa es menos buena que la que le es superior en la escala, pero esa cosa menos buena, a su vez, es mejor comparada con la que tenga el más o el menos regido por la posición que tenga en la escala.

Igual cosa sucede en el plano mental. El amor y el odio son considerados como diametralmente opuestos, completamente diferentes e irreconciliables. Pero si aplicamos el Principio de Polaridad, encontraremos que no existe un amor absoluto o un odio absoluto, diferentes uno de otro. Los dos no son más que términos aplicados a los dos polos de la misma cosa. Empezando en cualquier punto de la escala, encontramos "más amor" o "menos odio", si ascendemos por ella, o

"menos amor" si por ella descendemos, y esto es cierto, sin importar nada el punto, alto y bajo, que tomemos como partida.

Hay muchos grados de amor y de odio, y existe también un punto medio donde el agrado y el desagrado se mezclan en tal forma que es imposible distinguirlos. El valor y el miedo quedan también bajo la misma regla. Los pares de opuestos existen por doquier. Donde encontremos una cosa, encontraremos también su opuesta: los dos polos.

Este hecho es el que permite al hermético transmutar un estado mental en otro, siguiendo las líneas de polarización. Las cosas de diferente clase no pueden transmutarse unas en otras, pero sí las de igual clase. Así, pues, el Amor no podrá convertirse en Este u Oeste, o Rojo o Violeta, pero puede tornarse en Odio, e igualmente el Odio puede tornarse en Amor cambiando su polaridad. El valor puede transmutarse en miedo y viceversa. Las cosas duras pueden tornarse blandas, las calientes, frías, y así sucesivamente, efectuándose siempre la transmutación entre cosas de la misma clase, pero de grado diferente. Tratándose de un hombre cobarde, si se elevan sus vibraciones mentales a lo largo de la línea Miedo-valor, se llenará de valentía y desprecio por el peligro. E

igualmente el perezoso puede hacerse activo y enérgico, polarizándose simplemente a lo largo de las líneas de la deseada cualidad.

Los discípulos familiarizados con los procedimientos mediante los cuales producen las diversas escuelas de ciencia mental cambios en los estados mentales de sus seguidores, quizás, no comprendan fácilmente cuál es el principio que se oculta tras esos cambios. Pero, no obstante, una vez que se ha entendido el Principio de Polaridad, se ve inmediatamente que esos cambios mentales son ocasionados por un cambio de polaridad, por un deslizamiento a lo largo de la misma escala. Este cambio no es de la naturaleza de transmutar una cosa en otra completamente diferente, sino que se reduce a un simple cambio de grado de la misma cosa, lo que es una diferencia importantísima. Por ejemplo, y sacando un ejemplo del Mundo Físico, es imposible cambiar el calor en agudeza o filosidad, pesadez, elevación, etc., pero puede ser fácilmente transmutado en frío, con sólo amortiguar la vibración. De la misma manera el odio y el amor son recíprocamente transmutables, así como el miedo y el valor. Pero el Miedo no puede transformarse en Amor, ni el Valor en Odio. Los estados mentales pertenecen a innumerables clases, cada una de las cuales tienen sus polos opuestos, a lo largo de los cuales es posible la transmutación.

Se comprenderá fácilmente que, tanto en los estados mentales como en los fenómenos del plano físico, los dos polos pueden ser clasificados como positivo y negativo, respectivamente. Así, pues, el amor es positivo respecto al odio; el valor respecto al miedo; la actividad respecto de la inercia, etc. Y también se notará, aun desconociendo el principio de vibración, que el polo positivo parece ser de grado superior que el negativo, pudiendo aquel dominar fácilmente a este. La tendencia de la Naturaleza es en dirección a la actividad dominante del polo positivo.

Además del cambio de los polos de los propios estados mentales mediante la aplicación del arte de la polarización, el fenómeno de la influencia mental, en sus múltiples fases, demuestra que el principio puede extenderse hasta abarcar los fenómenos de la influencia de una mente sobre otra, de lo que tanto ha sido escrito en los últimos años.

Cuando se comprende que la inducción mental es posible, esto es, que los estados mentales pueden producirse por inducción de los demás, entonces se verá como puede comunicarse a otra cierta clase de vibración o polaridad, cambiándose así la polarización de la mente entera.

La mayoría de los resultados obtenidos mediante los "tratamientos mentales" se obtienen según ese principio. Por ejemplo, una persona está triste, melancólica y temerosa. Un científico de la mente eleva su propia mentalidad al deseado grado de vibración, mediante su voluntad previamente ejercitada, y de esta manera obtiene la polarización requerida en su propia mentalidad. Entonces por inducción, produce un estado mental análogo en el otro, siendo el resultado que las vibraciones de éste se intensifican y el paciente se polariza hacia el polo positivo de la escala, en vez de polarizarse hacia el negativo, y sus temores, melancolía, etc., se transforman en valor, contento y parecidos estados internos. Un poco de meditación sobre el asunto demostrará que esos cambios mentales se efectúan casi todos a lo largo de las líneas de polarización, siendo el cambio más bien cuestión que de clase.

El conocimiento de este gran principio hermético permitirá comprender mejor los propios estados mentales, así como los de los demás. Y se verá que esos estados son puramente cuestión de grados, y al comprobar el hecho podrá elevar las vibraciones interiores a voluntad, cambiando su polaridad, haciéndose dueño de sus pensamientos, en vez de ser su esclavo y servidor. Este conocimiento le permitirá además ayudar a otros inteligentemente, cambiando, mediante los métodos apropiados, su polaridad. Es muy conveniente familiarizarse con este principio, porque su

comprensión correcta arrojará muchísima luz sobre problemas difíciles y oscuros.

Capítulo XI

Ritmo

"Todo fluye y refluye, todo asciende y desciende; la oscilación pendular se manifiesta en todas las cosas; la medida del movimiento hacia la derecha es la misma que el de la oscilación a la izquierda; el Ritmo es la compensación."

El Kybalion

El Quinto Gran Principio Hermético —El Principio del Ritmo— encierra la verdad de que en todos se manifiesta una oscilación medida, movimiento de ida y vuelta, un flujo y reflujo, un movimiento semejante al del péndulo, una marea con suba y baja, manifestándose siempre entre los dos polos los planos físico, mental y espiritual. El principio del Ritmo está estrechamente relacionado con el principio de polaridad, descrito en el capítulo anterior. El ritmo se manifiesta entre los dos polos establecidos por el principio de polaridad. Esto no significa, sin embargo, que la oscilación rítmica vaya hasta los extremos de cada polo, pues esto sucede rarísimas veces. En realidad, es muy difícil establecer los opuestos polares extremos en la mayoría de los casos.

Pero la oscilación es siempre "hacia" un polo primero, y después "hacia" el otro.

Siempre hay una acción y una reacción, un avance y un retroceso, una elevación y una caída, manifestándose en todas las cosas y fenómenos del universo. Moles, mundos, hombres, animales, vegetales, minerales, energías, fuerzas, mente, y materia, y hasta el mismo espíritu manifiestan este principio. El principio se manifiesta en la creación y destrucción de los mundos, en la elevación y caída de las naciones, en la historia de la vida de todas las cosas y, finalmente, en los estados mentales del hombre.

Empezando por las manifestaciones del Espíritu —el TODO— se verá que siempre hay una Emanación, seguida de Absorción, "la respiración y la aspiración de Brahma", según dicen los brahmines. Los universos se crean, alcanzan el punto más bajo de maternidad y entonces comienzan la oscilación de vuelta. Los soles nacen, alcanzan la cumbre de su poder, empieza el progreso de su retrogresión y después de eones sin cuento se convierten en muertas masas de materia, esperando otro impulso que imparta en ellos nuevas energías internas y que los lleve a un nuevo ciclo de vida solar. Y así sucede con todos los mundos: nacen, crecen y mueren, sólo para renacer de nuevo. E igualmente sucede con todas las cosas de cuerpo o forma: oscilan de la acción a la reacción, del nacimiento a la muerte, de la actividad a la inactividad, y de nuevo comienza el ciclo. Lo mismo pasa con todos los grandes movimientos filosóficos, credos de cualquier clase, gobiernos, naciones, etc.: nacen, crecen, llegan a su madurez, decaen, mueren, sólo para renacer de nuevo.

La oscilación pendular es evidente por doquiera.

La noche sigue al día y el día a la noche. El péndulo oscila del verano al invierno y de éste a aquél. Los corpúsculos, átomos y moléculas y todas las masas de materia, oscilan en torno del círculo que corresponde a su naturaleza. No hay tal reposo absoluto o cesación de movimiento. Todo movimiento participa del Ritmo. Este principio es de aplicación universal.

Puede ser aplicado a cualquier cuestión o fenómeno de las muchas fases de la vida. Puede aplicarse a todas las fases de la humana actividad.

Siempre existe la oscilación rítmica de un polo a otro. El Péndulo Universal está siempre en movimiento. Las mareas de la vida fluyen y refluyen de acuerdo con la Ley.

La ciencia moderna reconoce el principio del Ritmo, y lo considera de aplicación universal en cuanto se refiere a las cosas materiales. Pero los herméticos llevan el principio mucho más allá y saben que sus manifestaciones se extienden a las actividades mentales del hombre, y que él solo explica la gran sucesión de sus modalidades, sentimientos y otros cambios contundentes que notamos en nosotros mismos. Pero los herméticos, al estudiar la operación de este principio, han descubierto el modo de substraerse a las actividades mediante la Transmutación.

Los Maestros Herméticos descubrieron que en tanto que el principio del Ritmo era invariable, y evidente en todos los fenómenos mentales, había dos planos de manifestación en lo que a los fenómenos mentales concernía. Descubrieron que había dos planos generales de conciencia, el Inferior y el Superior, y este descubrimiento les permitió elevarse al plano superior, escapando a la oscilación del péndulo rítmico, que se manifestaba en el plano inferior. En otras palabras, la oscilación del péndulo se produce en el plano inconsciente y la conciencia no queda, por consiguiente, afectada. A esta ley la llamaron la Ley de la

Neutralización. Su operación consiste en elevar al Ego sobre las vibraciones del plano inconsciente de la actividad mental, de manera que la oscilación negativa del péndulo no se manifieste en la conciencia y no quede uno afectado por ella. Es lo mismo que levantarse por encima de una cosa y dejar que pase esta por debajo de uno. El instructor o discípulo hermético se polariza a sí mismo en el polo requerido, y por un procedimiento semejante a "rehusar" el participar en la oscilación retrógrada, o si se prefiere, "negando" su influencia sobre él, se mantiene firmemente en su posición polarizada, y permite al péndulo mental oscilar hacia atrás en el plano inconsciente. Todo hombre, que en mayor o menor grado, ha adquirido cierto dominio de sí mismo, realiza esto más o menos conscientemente, impidiendo que sus modalidades o estados mentales negativos lo afecten, mediante la aplicación de la ley de la neutralización. El maestro, sin embargo, lleva esto hasta un grado muchísimo mayor de eficacia y proficiencia, y, mediante su voluntad, llega a un grado de equilibrio e inflexibilidad mental casi imposible de concebir por aquellos que se dejan llevar y traer por el péndulo mental de sus sentimientos y modalidades.

Todo pensador apreciará debidamente la gran importancia del asunto con sólo considerar lo esclavo que, en su mayoría, la gente es de su propio estado de ánimo, sentimientos y emociones y el poco dominio de sí mismo que tienen. A poco que se medite el asunto se comprenderá cuanto nos han afectado en nuestra vida esas oscilaciones del ritmo; como a un período de entusiasmo ha seguido un correspondiente período de depresión.

Igualmente, tenemos períodos de valor, que son seguidos de períodos de desaliento y miedo. Y así sucede con todos o la mayoría por lo menos: marea de sentimientos y emociones se elevan y caen, pero nunca sospechan la causa de ese fenómeno. Si se comprende la operación de este principio, se obtendrá la clave para dominar esas oscilaciones y uno podrá conocerse a sí mismo mucho mejor, evitando además el dejarse llevar por esos flujos y reflujos. La voluntad es muy superior a la manifestación consciente de este principio, por más que el principio mismo nunca puede ser destruido. Podremos sustraernos a sus efectos, pero, no obstante, el principio obrará. El péndulo siempre oscila, si bien podemos evitar el ser arrastrados por su oscilación.

Existen, además, otras particularidades en la operación de este Principio del Ritmo, de las que vamos a hablar ahora. Dentro de su operación entra

lo que se conoce como ley de compensación. Una de las definiciones o significados de la palabra compensación es "contrabalancear",

"equilibrar", y en este sentido se emplea dicho término en la Filosofía Hermética. A esta ley de compensación se refiere *El Kybalion* cuando dice: "La medida de la oscilación hacia la derecha es la misma que la de la oscilación a la izquierda; el ritmo es la compensación".

La ley de compensación es la que hace que la oscilación en una dirección determine otra oscilación en sentido contrario, y así se equilibran mutuamente. En el Plano Físico vemos muchos ejemplos de esta ley. El péndulo de un reloj oscila hasta cierto punto hacia la derecha y de allí vuelve a oscilar hacia la izquierda otro tanto. Las estaciones se equilibran unas a otras de la misma manera. Las mareas obedecen a la misma ley.

Y la misma ley se manifiesta en todos los fenómenos del Ritmo. El péndulo que sólo hace una oscilación corta hacia la derecha, hace otra oscilación corta hacia la izquierda. Si la oscilación hacia la derecha es grande, la oscilación hacia la izquierda lo es igualmente, un objeto cualquiera arrojado hacia arriba, tiene que recorrer exactamente el mismo camino de vuelta. La fuerza con que se lanza un proyectil hacia arriba se reproduce cuando el proyectil vuelve a la tierra. Esta ley es constante en el Plano Físico, como cualquier referencia a la mayor autoridad científica lo corroborará.

Pero el hermético lo lleva aún más allá. Y afirma que los estados mentales están sujetos a la misma ley. El hombre capaz de gozar agudamente, es también capaz de sufrir en igual grado. El que sólo es capaz de escaso dolor, tampoco puede gozar más que escaso placer. El cerdo sufre mentalmente muy poco; pero, en cambio, tampoco puede gozar gran cosa: está compensado. Por otra parte, hay animales que gozan extraordinariamente, pero también su sistema nervioso y temperamento los hacen sufrir extremos grados de dolor. Igualmente sucede con el hombre. Hay temperamentos que sólo son capaces de muy poco goce, pero entonces sólo existe, como compensación, una capacidad para soportar muy poco dolor, en tanto que otros hombres pueden gozar intensamente sufren en igual grado. La regla es que la capacidad para el placer y el dolor en cada individuo está equilibrada. La ley de compensación opera ampliamente aquí también.

Pero el hermético va más allá aún en esta materia, y afirma que antes de que uno pueda gozar de cierto grado de placer es necesario que haya oscilado proporcionalmente otro tanto hacia el otro polo del sentimiento o

sensación. El negativo en esta materia precede al positivo; es decir, que al experimentar cierto grado de placer no se seguirá que "haya que pagarlo" con un correspondiente grado de dolor; por el contrario, el placer es la oscilación rítmica, de acuerdo con la ley de compensación, originada por un grado de dolor experimentado previamente, bien en la vida actual o en encarnaciones anteriores. Y esto arroja una nueva luz sobre el problema del dolor.

Los herméticos consideran la cadena de vidas como continua, como simples puertas de una sola vida del individuo, de suerte que la oscilación rítmica es considerada en esta forma, mientras que no tendría significado alguno si no se admitiera la doctrina de la reencarnación.

Pero, además, el hermético sostiene que el maestro o el discípulo avanzado es capaz, en grado superlativo, de rehuir la oscilación hacia el dolor, realizando el proceso de neutralización a que aludiéramos anteriormente. Ascendiendo al plano superior del Ego, se evitan muchas de las experiencias que llegan a los que habitan en planos inferiores.

La ley de compensación desempeña una parte importante en la vida de los hombres, pues se verá que uno generalmente paga el precio de lo que tiene o le falta. Si se posee una cosa, falta otra, y así se equilibra la balanza. Nadie puede guardarse su centavo y tener al mismo tiempo la torta, todo tiene su lado agradable y desagradable. Las cosas que uno obtiene siempre las paga con las que pierde. El rico posee mucho de lo que al pobre le falta, mientras que el pobre posee cosas que frecuentemente están fuera del alcance del rico. El millonario que gusta de los festines, y que tiene la fortuna necesaria para satisfacer sus deseos y asegurarse la satisfacción de su gula, carece del apetito necesario para gustarlos, y envidia el apetito y la digestión del obrero a quien le falta la fortuna y la inclinación del millonario, gozando más de su sencillo alimento que el millonario sin apetito y con el estómago arruinado.

Y así sucede con todo en la vida. La ley de compensación está siempre obrando, equilibrando y contrabalanceando las cosas continuamente, en la sucesión del tiempo, aunque la oscilación del ritmo tarde vidas enteras.

Capítulo XII

Causalidad

"Toda causa tiene su efecto; todo efecto tiene su causa; todo ocurre de acuerdo con la ley. Azar no es más que el nombre que se le da a la ley no reconocida; hay muchos planos de causalidad, pero ninguno escapa a la ley."

El Kybalion

EL Sexto Gran Principio Hermético —el principio de Causa y Efecto—

encierra la verdad de que nada sucede casualmente; que la casualidad es sólo un término que indica la existencia de una causa no reconocida o percibida; que el fenómeno es continuo, sin soluciones de continuidad.

El Principio de Causa y Efecto está tras todo pensamiento científico, antiguo o moderno, y fue enunciado por los Instructores Herméticos de los tiempos primitivos.

Y si bien han surgido muchas discusiones y disputas entre las varias escuelas de pensamiento, esas disputas han versado especialmente sobre los detalles de la operación del citado principio, y también sobre el significado de determinadas palabras. El inmanente principio de Causa y Efecto ha sido aceptado como correcto por todos los pensadores del mundo que merecen realmente tal calificativo. Pensar de otra manera sería sacar el fenómeno del universo del dominio de la ley y del orden, relegándolo a ese algo imaginario al que el hombre ha dado el nombre de casualidad.

Un poco de meditación evidenciaría que no existe absolutamente tal casualidad. Webster define la palabra casualidad diciendo que: "es un supuesto agente o modo de actividad diferente de una fuerza, ley o propósito; la operación o actividad de dicho agente; el efecto supuesto de tal agente; un suceso, una cosa fortuita, una casualidad, etc.". Pero un poco de meditación demostrará que no puede existir dicho agente casual, en el sentido de algo externo y fuera de la ley, algo aparte de la causa y del efecto.

¿Cómo podría existir algo actuando en el universo fenomenal, independiente de las leyes, del orden y de la continuidad del último? Tal

agente sería algo completamente independiente del tren coordinado del universo, y, por consiguiente, sería superior a él. No podemos imaginar nada fuera del TODO, más allá de la ley, y esto porque el TODO es precisamente la ley en sí mismo. No hay sitio en el universo para nada externo o independiente de la ley. La existencia de algo semejante convertiría a todas las leyes naturales en inefectivas, y sumergiría al universo todo en el desorden más caótico.

Un examen cuidadoso demostrará que lo que llamamos casualidad es meramente una expresión concerniente a causas oscuras, causas que no podemos percibir, causas que no podemos comprender. La palabra casualidad se deriva de una frase que significa "echar los dados", siendo la idea encerrada que la caída es meramente una ocurrencia, sin relación con causa alguna. Y en este sentido suele emplearse la palabra en cuestión. Pero cuando se examina el asunto detalladamente se verá que no hay tal casualidad absolutamente en la caída de un dado. Cada vez que cae el dado mostrando cierto número, obedece a una ley tan infalible como la que gobierna la revolución de los planetas en torno del Sol. Tras la caída del dado existen causas, o cadenas de causas, eslabones en ininterrumpida sucesión, hasta donde la mente no puede alcanzar. La posición del dado en la caja, la suma de energía muscular empleada al arrojarlo, el estado de la mesa, etc., son otras tantas causas cuyo efecto puede verse. Pero, tras éstas, hay encadenamiento de causas invisibles precedentes, todas las cuales obran sobre el número que el dado debe mostrar en su cara superior.

Si se arrojan los dados un gran número de veces, se verá que los puntos marcados son casi iguales, esto es, que habrá igual número de unos, de dos, etc. Arrójese una moneda al aire, y al caer dará cara o cruz. Pero si se arroja un número de veces suficiente, las caras y las cruces se igualarán. Pero todo cae bajo la operación de la Ley de Causa y Efecto, y si pudiéramos examinar todo el eslabonamiento de causas veríamos claramente que era sencillamente imposible que el dado cayera en otra forma que en la que cayó, bajo las mismas circunstancias y al mismo tiempo. Siendo las mismas causas, se produce siempre el mismo resultado. Toda ocurrencia tiene su causa y su porqué. Nada ocurre sin causa, o, mejor dicho, sin una cadena de causas.

Al considerar este principio muchos se quedan confusos, porque no pueden explicar como una cosa puede ser causa de otra, esto es, ser la primera creadora de la segunda. En realidad, ninguna cosa puede

producir o crear otra. La causa y el efecto residen meramente en los sucesos. Un suceso o acontecimiento es lo que viene, llega u ocurre como consecuencia o resultado de un acontecimiento o evento anterior.

Ningún acontecimiento crea otro, sino que no es nada más que el eslabón precedente en la gran cadena coordenada de sucesos que fluyen de la energía creadora del TODO. Hay una continuidad de solución entre todos los acontecimientos precedentes, consecuentes y subsecuentes. Existe siempre una relación entre todo lo que ha pasado y todo lo que sigue.

Una piedra se desprende de la montaña y se aplasta contra el tejado de una granja situada en el valle vecino. A primera vista parece obra de la casualidad; pero si se examina la materia se encontrará una gran cadena de causas tras ese acontecimiento. En primer lugar estaba la lluvia que ablandó la tierra que sostenía a la piedra, permitiéndole así caer; antes de esa causa estaba la influencia precedente del Sol y de otras lluvias, las que gradualmente fueron desintegrando la piedra de la roca; antes aún, estaban las causas que contribuyeron o produjeron la formación de la montaña y su elevación sucesiva por medio de las convulsiones de la Naturaleza, y así *ad infinitum*.

Además podemos revisar las causas de la lluvia, podemos considerar la existencia del tejado. En una palabra, pronto nos encontraríamos envueltos en un laberinto de causas y efectos del que pronto tendríamos que luchar para escaparnos.

Así como un hombre tiene dos padres y cuatro abuelos y ocho bisabuelos, y dieciséis tatarabuelos y así sucesivamente, de manera que al cabo de cuarenta generaciones se calcula el número de antecesores en muchos millones, así también suceden con el número de causas que subyacen tras el suceso o fenómeno más nimio, tal como el paso de un liviano trocito de carbón llevado por el viento. No es nada fácil seguir la pista de esa partícula de hollín hasta los primitivos períodos de la historia del mundo, cuando formaba parte de un macizo tronco, que más tarde se convirtió en carbón, y así sucesivamente, hasta el momento en que pasaba volando ante nosotros en busca de otras muchas aventuras. Y

una poderosísima cadena de acontecimientos, de causas y efectos, la llevó hasta su actual condición, y ésta no es más que uno de los tantos sucesos de la cadena, y que seguirán produciendo más y más eventos durante centenares y centenares de años a contar desde ahora. Una de las series de acontecimientos originados por esa partícula de hollín flotante ha sido el escribir estas líneas, lo que ha obligado a un tipógrafo a realizar cierto trabajo; esto despertará en vuestras mentes ciertos

pensamientos, así como en las de los demás, los que a su vez afectarán a otros, y así sucesivamente, hasta donde la mente no puede alcanzar, y todo por el simplismo vuelito de una partícula de hollín, todo lo cual muestra la relatividad y asociación de las cosas y la deducción consiguiente de que nada hay grande ni pequeño en la mente que todo lo creó.

Meditemos un momento. Si cierto hombre no hubiera encontrado a cierta mujer en la obscura Edad de Piedra, vos, que estáis ahora leyendo estas líneas, no estaríais ahora aquí. Y si, quizá, la misma pareja no se hubiera encontrado, los que escribimos estas líneas tampoco estaríamos aquí. Y

el mismo hecho de que nosotros, por nuestra parte, escribamos, y de que vos leáis por la vuestra, afectará no solamente nuestras propias vidas, sino que también tendrá un efecto directo o indirecto sobre muchas otras personas que viven actualmente o que vivirán en las edades por venir.

Todo pensamiento generado en nuestra mente, todo acto realizado, tiene sus resultados directos e indirectos, que se eslabonan coordinadamente en la gran cadena de Causas y Efectos.

No deseamos entrar a discutir sobre el libre albedrío y el determinismo, en esta obra, por múltiples razones. Entre otras muchas, la principal es que ningún lado del asunto es completamente exacto, siendo en realidad ambos parcialmente verdad, de acuerdo con las enseñanzas herméticas.

El Principio de Polaridad demuestra que ambos aspectos son medias-verdades: los opuestos polos de la verdad. La verdad es que el hombre puede ser a la vez libre y limitado por la necesidad, dependiendo todo del significado de los términos y de la altura de la verdad desde la cual se examine el asunto. Los antiguos escritores expresaban el punto diciendo que: "Cuanto más lejana está la creación del Centro, tanto más limitada está. Cuanto más próxima está del Centro, tanto más libre está".

Los hombres en su mayoría, son más o menos esclavos de la herencia, del medio ambiente, etc., y manifiestan muy poco libre albedrío. Se ven arrastrados por las opiniones, costumbres y pensamientos del mundo externo, así como también por sus emociones, sentimientos y modalidades. No manifiestan el menor dominio de sí mismo que merezca ese nombre. Y con indignación rechazan esa afirmación diciendo: "Yo puedo obrar ciertamente con plena libertad y hacer lo que se me dé la gana; hago precisamente lo que quiero hacer". Pero no pueden explicar por qué o de donde viene el "necesito" y me "gusta". ¿Qué es lo que les hace querer una cosa con preferencia a otra? ¿Qué es lo que les hace "gustar" una cosa y no otra? ¿No hay ninguna "razón" para sus

"gustos" y "necesidades"? El maestro puede transformar los "agrados y

"necesidades" en otros en el extremo opuesto de su polo mental. Puede y tiene la capacidad de "querer, querer" en vez de querer porque algún sentimiento, modalidad, emoción o sugestión del medio ambiente despierte en él una tendencia o deseo de hacer tal o cual cosa.

La mayoría de los hombres es arrastrada como si fuera una piedra, obedeciendo al medio ambiente, a las influencias externas y a las modalidades, deseos y emociones internas, etc., por no hablar de los deseos y voluntades de los demás que son más fuertes. La herencia, el medio ambiente y las sugestiones los arrastran sin la menor resistencia por su parte, sin que ejerciten en modo alguno su voluntad. Movidos como las fichas en el tablero de ajedrez de la vida, desempeñan su parte y se quedan a un lado después del juego. Pero los Maestros, que conocen las reglas del juego, se elevan por encima del plano de la vida material, y colocándose en contacto con los poderes superiores de sus naturalezas dominan sus propias modalidades, caracteres, cualidades y polaridades, así como el medio ambiente que los rodee, haciéndose en esta forma directores del juego en vez de meras fichas: Causas en vez de Efectos. Los Maestros no se libran de la causalidad en los planos superiores, sino que están bajo el contralor de esas más elevadas leyes, y haciendo uso de éstas se hacen dueños de las circunstancias en los planos inferiores. De esta manera forman una parte consciente de la Ley, en vez de ser sus ciegos instrumentos. Mientras obedecen y sirven en los Planos Superiores, dominan y son dueños del plano material.

Pero, tanto arriba como abajo, la Ley está siempre en operación. No existe tal casualidad o azar. La ciega diosa ha sido abolida por la razón.

Ahora podemos ver, con ojos iluminados por el conocimiento, que todo está gobernado por la ley universal y que el infinito número de leyes no es más que manifestaciones de la Única Gran Ley: la Ley que es el TODO.

Es, pues, muy cierto que ni siquiera un gorrión deja de estar presente en la Mente del TODO, que hasta los cabellos de nuestra cabeza están contados, según dicen las escrituras. Nada hay fuera de la ley; nada ocurre en contra de ella. Pero, a pesar de ello, no se vaya a caer en el error de que el hombre es un autómata ciego, al contrario. La doctrina hermética dice que el hombre puede emplear la Ley contra las leyes, que lo superior siempre prevalecerá contra lo inferior, hasta que el hombre haya alcanzado aquel estado en el que buscará refugio en la LEY misma

y podrá evadirse de todas las leyes fenomenales. ¿Se puede comprender el significado íntimo, interno, de esto?.

Capítulo XIII

Género

"El género está en todo, todo tiene su principio masculino y femenino; el género se manifiesta en todos los planos."

El Kybalion

EL Séptimo Gran Principio Hermético —el Principio de Género— encierra la verdad de que el género se manifiesta en todas las cosas, de que los principios masculinos y femeninos están siempre presentes en plena actividad en todos los fenómenos y en cada uno de los planos de la vida.

En este punto es bueno llamar la atención sobre el hecho de que el Género, en su sentido hermético, y el sexo, en la acepción ordinariamente aceptada del término, no son lo mismos.

La palabra "género" deriva de la raíz latina que significa "concebir, procrear, generar, crear, producir". Un momento de consideración sobre el asunto demostrará que esa palabra tiene un significado mucho más amplio y general que el término "sexo", pues este se refiere a las distinciones físicas entre los seres machos y hembras. El sexo no es más que una mera manifestación del Género en cierto plano del Gran Plano Físico: el de la vida orgánica. Es necesario que esta distinción se imprima en la mente, porque ciertos escritores que han adquirido algunas nociones de filosofía hermética han tratado de identificar este séptimo principio con estúpidas y a veces reprensibles teorías y enseñanzas concernientes al sexo.

El oficio del género es solamente el de crear, producir, generar, etc., y sus manifestaciones son visibles en todos los planos fenomenales. Es un tanto difícil aportar pruebas de esto siguiendo las líneas científicas, porque la ciencia no ha reconocido todavía a este principio como de aplicación universal. Pero, así y todo, van produciéndose algunas pruebas provenientes de fuentes científicas. En primer lugar, encontramos una manifestación distinta del Principio del Género entre los corpúsculos, iones o electrones, que constituyen las bases de la materia como la ciencia lo reconoce actualmente, y que, al constituir determinadas combinaciones, forman el átomo, que anteriormente se consideraba como el punto final e indivisible.

La última palabra de la ciencia es que el átomo está compuesto por una multitud de corpúsculos, electrones o iones (diversos nombres de la misma cosa), que giran unos en torno de otros y vibran con un elevado grado de intensidad. Pero se postula además que la formación del átomo se debe realmente a que los corpúsculos negativos se pongan a girar en torno de uno positivo. Los corpúsculos positivos parecen ejercer cierta influencia sobre los negativos, impulsando a estos a constituir ciertas combinaciones que dan como resultado la "creación" o "generación" de un átomo. Y esto está perfectamente de acuerdo con las más antiguas enseñanzas herméticas, que han identificado siempre al principio masculino del género con lo "positivo" y al femenino con lo "negativo", como en la electricidad, por ejemplo.

Puédese agregar ahora que la mente pública se ha formulado una impresión completamente errónea sobre las cualidades del llamado "polo negativo" de la materia electrizada o magnetizada. Los términos positivos y negativos han sido pésimamente aplicados a este fenómeno. La palabra

"positivo" significa algo real y fuerte en comparación con la irrealidad o debilidad del negativo. Pero nada está más lejos de los hechos reales de los fenómenos eléctricos. El polo negativo de la batería es realmente el polo en y por el cual se manifiesta la generación o producción de formas y energías nuevas. Nada hay de "negativo" en él. Los hombres de ciencia de mayor autoridad están actualmente empleando la palabra "cátodo" en vez de "negativo", derivando cátodo de una raíz griega que significa

"desciende, el recorrido o camino de la generación", etc. Del cátodo emerge el torbellino de electrones o corpúsculos; del mismo polo surgen esos maravillosos "rayos" que han revolucionado las concepciones científicas durante la pasada década. El polo catódico es la madre de todos los extraños fenómenos que han convertido en inútiles a los antiguos libros de texto y que han hecho que teorías mucho tiempo aceptadas hayan sido relegadas al montón de los desechos de las especulaciones científicas. El cátodo, o polo negativo, es el principio madre de los Fenómenos Eléctricos y de las más sutiles formas de materia que la ciencia conoce actualmente. De manera, pues, que existen poderosas razones que impulsan a rechazar el término "negativo", insistiendo en sustituirlo por la palabra "femenino" en vez del término antiguo. Los hechos nos conducen a esto, sin tener en cuenta para nada la doctrina hermética, y, por consiguiente, emplearemos la palabra

"femenino" en vez de "negativo" al hablar de dicho polo de actividad.

Las últimas enseñanzas científicas dicen que los corpúsculos o electrones creadores son femeninos. (La ciencia dice que "están compuestos por electricidad negativa" y nosotros que están compuestos por energía femenina).

Un corpúsculo femenino se destaca, o mejor dicho, deja a un corpúsculo masculino y comienza una nueva carrera. Activamente busca una unión con un corpúsculo masculino, animado por el impulso natural a crear nuevas formas de materia o energía. Cierto autor va aún más lejos y dice que "enseguida busca, por su propia voluntad, una unión"... este desprendimiento y unión forman la base de la mayor parte de las actividades en el mundo químico. Cuando un corpúsculo femenino se une a otro masculino, empieza determinado proceso. Las partículas femeninas vibran más intensamente bajo la influencia de la energía masculina y giran rápidamente en torno de esta última. El resultado es el nacimiento de un nuevo átomo. Este nuevo átomo está compuesto realmente por una unión de electrones masculinos y femeninos, pero cuando la unión se efectúa el átomo es una cosa separada, que posee ciertas propiedades, pero que ya no manifiesta más la propiedad de electricidad en libertad. El proceso del desprendimiento o separación de los electrones femeninos se llama "ionización". Estos electrones o corpúsculos son los obreros más activos en el campo de la Naturaleza.

De sus uniones o combinaciones surgen las diversas manifestaciones de la luz, del calor, de la electricidad, del magnetismo, de la atracción, de la repulsión, de las afinidades químicas y sus contrarios, así como otros fenómenos de índole similar. Y todo surge de la operación del principio de género en el plano de la energía.

El papel del principio masculino parece ser el de dirigir a cierta energía inherente hacia el principio femenino, poniendo así en actividad el proceso creador. Pero el principio femenino es el único que ejecuta siempre el trabajo activo creador en todos los planos absolutamente. Pero, sin embargo, cada principio es incapaz de energía operadora sin la ayuda del otro. En algunas de las formas de la vida los dos principios se combinan en un solo organismo. Por esta razón, todo en el mundo orgánico manifiesta ambos géneros: siempre está el principio masculino presente en la forma femenina. Las enseñanzas herméticas comprenden en gran parte la operación de los dos principios del género en la producción y manifestación de las diversas formas de energía, etc., pero no es necesario entrar en detalles sobre el mismo en este asunto, pues no es posible endosarlas momentáneamente con pruebas científicas que

aún no existen, debido a que la ciencia no ha progresado todavía suficientemente. Pero el ejemplo expuesto sobre los fenómenos de los electrones o corpúsculos demuestra que la ciencia está en el verdadero camino y también da una idea general sobre los principios subyacentes.

Algunos investigadores científicos han anunciado su creencia de que, en la formación de los cristales, se encuentra algo que corresponde a una especie de actividad sexual, lo que es una prueba más de la dirección de donde sopla el viento actualmente sobre el campo de la ciencia.

Y cada año que pasa aportará nuevos hechos que corroborarán la exactitud del Principio Hermético de Género. Se encontrará que el género está en operación constante, manifestándose en todo el campo de la materia inorgánica, así como en el campo de la energía o fuerza. La electricidad se considera actualmente como “algo” en lo que todas las demás formas de energía se mezclan o disuelven. La Teoría Eléctrica del Universo es la última doctrina científica emitida, y está adquiriendo rápidamente gran popularidad y aceptación. Y de esto se deduce que, si hemos podido descubrir en el fenómeno de la electricidad, en la misma raíz o fuente de sus manifestaciones, una evidencia clara e inequívoca de la presencia del género y de sus actividades, se puede afirmar sin miedo que la ciencia llegará, últimamente, a ofrecer pruebas de la existencia, en todos los fenómenos del universo, de ese gran principio hermético: el Principio de Género.

No es necesario perder el tiempo hablando del conocido fenómeno de la

“atracción y de la repulsión” de los átomos, de la afinidad química, de los amores y odios de las moléculas, de la atracción o cohesión entre las partículas de la materia. Esos hechos son harto conocidos como para exigir mayores comentarios. Pero, ¿se ha pensado alguna vez en que todas esas cosas no son más que manifestaciones del principio de Género? ¿No se ve claramente que el fenómeno es general, trátese de corpúsculos, moléculas o electrones? Y todavía más: ¿no es enteramente razonable y lógica la enseñanza hermética que afirma que la misma ley de la gravitación —esa extraña atracción por la cual todas las partículas y cuerpos en el universo tienden unos hacia otros— no es sino otra manera de manifestarse del principio del género, que opera en la dirección de atraer las energías masculinas hacia las femeninas y viceversa? No es posible ofrecer pruebas científicas por el momento, pero si se examinan los fenómenos a la luz de las doctrinas herméticas sobre el asunto se verá que no existe hipótesis alguna mejor que la actual, que explique los

problemas. Sométanse todos los fenómenos físicos a la prueba, y se verá que el principio del género se hace evidente.

Pasemos ahora a considerar la operación de este principio en el plano mental. Muchos hechos interesantes están esperando nuestro examen.

Capítulo XIV

Género mental

Los estudiantes de sicología que han seguido atentamente el tren del pensamiento moderno en lo que respecta a los fenómenos mentales habrán quedado extrañados de la rara insistencia de la idea o concepto de la dualidad mental que se ha manifestado tan fuertemente durante los diez o quince años últimos, y que ha dado origen a gran número de plausibles teorías concernientes a la naturaleza y constitución de esa

"doble mente". El difunto Thomson J. Hudson alcanzó gran popularidad en 1893 al enunciar su conocida teoría sobre las "mentes objetiva y subjetiva", que, según sostenía, existían en cada individuo. Otros autores han llamado igualmente la atención con sus teorías referentes a las mentes "consciente y subconsciente", mentes voluntaria e involuntaria, mente activa y pasiva, etc. Esas teorías podrán diferir según cada autor, pero siempre queda el principio básico que es el de la dualidad mental.

El estudiante de la filosofía hermética se siente tentado por la sonrisa cuando lee y oye hablar de esas numerosas teorías nuevas, respecto a la dualidad de la mente, adhiriéndose cada escuela tenazmente a su propia doctrina, proclamando cada una con empeño que ha sido ella la que ha descubierto la verdad. El estudiante que hojee el libro de la historia oculta encontrará en su mismo principio referencias a las antiguas enseñanzas herméticas sobre el principio del género. Y si prosigue su examen, encontrará que esa antigua filosofía conoció el fenómeno de la dualidad mental y la explicó mediante la teoría del género en la mente. Este concepto del género mental puede ser explicado en pocas palabras a los estudiantes que ya se han familiarizado con las teorías modernas que aluden al mismo. El principio masculino de la mente corresponde a la llamada mente objetiva, mente consciente, mente voluntaria o activa, etc., en tanto que el principio femenino corresponde a la llamada mente subjetiva, subconsciente, involuntaria, pasiva, etc.

Por supuesto, la enseñanza hermética no concuerda con las muchas teorías modernas concernientes a las dos fases de la mente, ni admite muchos de los hechos proclamados por esas escuelas en apoyo de ese doble aspecto. Si indicamos la base de la concordancia es para facilitar al estudiante la asimilación de los conocimientos adquiridos con anterioridad sobre la filosofía hermética. Los estudiantes de Hudson conocerán la proposición que se hace en el principio del segundo capítulo de su obra

The Law of Psychic Phenomena (la Ley de los Fenómenos Psíquicos), que dice: "la jerigonza mística de los filósofos herméticos expresa la misma idea general"… o sea la dualidad de la mente. Si el doctor Hudson se hubiera tomado el trabajo de descifrar algo más "la jerigonza mística de la Filosofía Hermética" hubiera recibido mucha luz sobre el punto de la dualidad de la mente; pero entonces, quizás, su obra más interesante no hubiera sido escrita. Consideremos ahora las enseñanzas herméticas concernientes al género mental.

Los instructores herméticos imparten enseñanzas concernientes a este punto, pidiendo a sus discípulos que se atengan al proceso de su propia conciencia, a su propio yo. El discípulo fija entonces su atención internamente sobre el ego que está en cada uno de nosotros. Cada estudiante ve que su propia conciencia le da como primer resultante de la existencia de su yo: "Yo Soy". Esto, al principio, parece ser la palabra final de la conciencia, pero un examen ulterior desprende el hecho de que esto "yo soy" puede separarse en dos partes distintas o aspectos que, si bien trabajan al unísono y en conjunción, sin embargo puede ser separadas en la conciencia.

Si bien al principio parece que sólo existe un único Yo, un examen más cuidadoso revela que existe un "yo" y un "mí". Este par mental difiere en características y naturaleza, y el examen de esta, así como de los fenómenos que surgen de la misma, arrojan gran luz sobre muchos de los problemas de la influencia mental.

Comencemos considerando el "mí", que generalmente se confunde con el "yo", si no se profundiza mucho en los recesos de la conciencia. El hombre piensa de sí mismo (en su aspecto de "mí" o "me") como si estuvieran compuesto por ciertos sentimientos, agrados, gustos, y disgustos, hábitos, lazos especiales, características, etc., todo lo cual forma su personalidad, o el ser que conoce él mismo y los demás. El hombre sabe que estas emociones y sentimientos cambian, que nacen y mueren, que están sujetos al principio del Ritmo y al de la Polaridad, cuyos principios lo llevan de un extremo a otro. También piensa de sí mismo como cierta suma de conocimientos agrupados en su mente, que forman así una parte de él.

Éste es el "mí" o "me" del hombre.

Pero quizás hemos precedido demasiado aprisa. El "mí" de muchos hombres está compuesto en gran parte de la conciencia que tiene de su propio cuerpo y de sus apetitos físicos, etc. Y, estando su conciencia limitadas en alto grado a su naturaleza corporal, prácticamente "viven allí". Algunos hombres van tan allá en esto que consideran su apariencia personal como parte de su "mí", y realmente la consideran parte de sí mismo. Un escritor dijo con mucho humorismo en una oportunidad que el hombre se compone de tres partes: "Alma, cuerpo y vestidos". Y esto haría que muchos perdieran su personalidad si se les despojara de sus vestidos. Pero, aun aquellos que no están tan estrechamente esclavizados con la idea de su apariencia personal, lo están por la conciencia de sus cuerpos. No pueden concebirse sin él. Su mente les parece que es algo "que pertenece" a su cuerpo, lo que, en muchos casos, es realmente cierto.

Pero conforme el hombre adelanta en la escala de la conciencia, va adquiriendo el poder de desprender a su "mí" de esa idea corporal, y puede pensar de su cuerpo que es algo "que pertenece" a su propia parte mental. Pero aun entonces es muy capaz de identificar el "mí"

completamente con sus estados mentales, sensaciones, etc., que siente existen dentro de él. E identificará esos estados consigo mismo, en vez de estimarlos como simples "cosas" producidas por su mentalidad, existentes en él, dentro de él y proviniendo de él, pero que, sin embargo, no son él mismo. Puede comprobar también que esos estados cambian mediante un esfuerzo volitivo, y que es capaz de producir una sensación o estado de naturaleza completamente opuesta de la misma manera, y, sin embargo, sigue existiendo siempre el mismo "mí". Después de un tiempo, podrá así dejar a un lado esos diversos estados mentales, emociones, sentimientos, hábitos, cualidades, características y otras posesiones personales, considerándolas como una colección de cualidades, curiosidades o valiosas posesiones del "no mí". Esto exige mucha concentración mental y poder de análisis de parte del estudiante.

Pero ese trabajo es posible, y hasta los que no están muy adelantados pueden ver, en su imaginación, como se realiza el proceso descrito.

Después de realizado ese ejercicio el discípulo se encontrará en posesión consciente de un "Ser" que puede ser considerado bajo su doble aspecto del "yo" y de "mí". El "mí" se sentirá como algo mental en lo que pueden producirse los pensamientos, ideas, emociones, sentimientos y otros estados mentales. Puede ser considerado como si fuera la "matriz mental", según decían los antiguos, capaz de generar mentalmente. Este

"mí" se denuncia a la conciencia poseyendo poderes de creación y generación latentes, de todas clases. Su poder de energía creadora es enorme, según puede sentirlo uno mismo. Pero, a pesar de todo, se tiene la conciencia de que debe recibir alguna forma de energía, bien del mismo "yo", inseparable compañero, o bien de algún otro "yo", a fin de que así pueda producir sus creaciones mentales. Esta conciencia aporta consigo una realización de la enorme capacidad de trabajo mental y de poder creador que encierra.

El estudiante encuentra pronto que no es todo lo que hay en conciencia íntima, pues ve que existe un algo mental que puede "querer" que el

"mí" obre de acuerdo con cierta línea creadora y que, sin embargo, permanece aparte, como testigo de esa creación mental. A esta parte de sí mismo se le da el nombre del "yo". Y puede reposar en su conciencia a voluntad. Allí se encuentra, no una conciencia de una capacidad de generar y crear activamente en el sentido del proceso gradual común a las operaciones mentales, sino más bien de la conciencia de una capacidad de proyectar una energía del "yo" al "mí": "Querer" que la creación mental comience y proceda.

También se experimenta que el "yo" puede permanecer aparte, testigo de las operaciones o creaciones mentales del "mí". Este doble aspecto existe en la mente de toda persona, el "yo" representa al Principio Masculino del género mental, y el "mí" al Principio Femenino. El "yo"

representa el aspecto de Ser; el "mí" el aspecto de "devenir". Se notará que el principio de correspondencia opera en este plano lo mismo que en el que se realiza la creación del Universo. Los dos son parecidos, si bien difieren enormemente de grado. "Como es arriba, es abajo; como es abajo, es arriba".

Estos aspectos de la mente —los principios masculinos y femeninos— el

"yo" y el "mí" —considerados en relación con los fenómenos psíquicos y mentales ya conocidos—, dan la clave maestra para dilucidar la operación y manifestación de esas nebulosas regiones de la mente. El principio del género mental aporta la verdad que se encierra en todo el campo de los fenómenos de influencia mental.

La tendencia del principio femenino es siempre la de recibir impresiones, mientras que la tendencia del masculino es a darlas o a expresarlas. El principio femenino tiene un campo de acción mucho más variado que el masculino. El principio femenino conduce el trabajo de generar nuevos

pensamientos, conceptos, ideas, incluso la obra de la imaginación. El masculino se contenta con el acto de "querer" en sus varias fases. Sin embargo, sin la ayuda activa de la voluntad del principio masculino, el femenino puede contentarse con generar imágenes mentales que son el resultado de impresiones recibidas del exterior, en vez de producir creaciones mentales originales.

Las personas que pueden prestar continuada atención a un sujeto emplean activamente ambos principios mentales: el femenino, en el trabajo activo de la generación mental, y el masculino en estimular y dar energía a la porción creadora de la mente. La mayoría apenas hace uso del principio masculino, y se contenta con vivir de acuerdo con los pensamientos e ideas que se filtran en su "mí" y provienen del "yo" de otras mentalidades. Pero no es nuestro propósito detenernos en esta faz del asunto, cosa que puede estudiarse en cualquier tratado bueno de sicología, con la clave ya indicada sobre el género mental.

El estudiante de los fenómenos psíquicos conoce la realidad de los maravillosos fenómenos clasificados como telepatía, influencia mental, sugestión, hipnotismo, etc. Muchos han buscado explicación a estas diversas fases de los fenómenos, siguiendo las teorías de dualidad mental promulgadas por los diferentes instructores. Y, hasta cierto punto, están en lo cierto, porque, realmente existe una manifestación clara y definida de dos fases distintas de actividad mental. Pero si esos estudiantes consideran esa dualidad a la luz de las enseñanzas herméticas concernientes a la vibración y al género mental, verían que la clave tan buscada la tienen al alcance de la mano.

En los fenómenos telepáticos se ve que la energía vibratoria del principio masculino se proyecta hacia el principio femenino de otra persona, y que esta última absorbe ese pensamiento y le permite desarrollarlo y madurarlo. En la misma forma obra la sugestión y el hipnotismo. El principio masculino de una persona da la sugestión dirigiendo una corriente de energía o poder vibratorio hacia el principio femenino de otra, y ésta, al aceptarla, la hace suya y piensa en consecuencia. Una idea así alojada en la mente de otra persona crece y se desenvuelve, y a su tiempo es considerada como una verdadera creación mental del individuo, mientras que en realidad no es más que el huevo de un cuco puesto en el nido del gorrión, pues aquel pájaro pone sus huevos en un nido ajeno. El proceso normal es que el principio masculino y el femenino de una persona obren coordinada y armoniosamente conjuntamente. Pero,

desgraciadamente, el principio masculino del hombre corriente es demasiado inerte y perezoso para obrar y el y el despliegue de poder volitivo es muy ligero, y, en consecuencia, la mayoría está dirigida por las mentes y voluntades de los demás a quienes se permite querer y pensar por uno mismo. ¿Cuántos pensamientos u obras originales hace el hombre corriente? ¿No es la mayoría de los hombres simple sombra o eco de los que tienen una mente o voluntad más fuerte que la suya? La perturbación proviene de que el hombre corriente descansa casi completamente en su conciencia del "mí" y no comprende que, realmente tiene un "yo". Está polarizado en su principio femenino mental, y su principio masculino, en el que reside la voluntad, está inactivo e inerte.

El hombre fuerte del mundo manifiesta invariablemente el principio masculino de voluntad, y su fuerza depende materialmente de este hecho.

Y en vez de vivir en las impresiones que le producen otras mentalidades, domina su propia mente, mediante su voluntad, obteniendo así la clase de imágenes mentales que quiere y domina y dominando así también las mentes ajenas de la misma manera.

Contémplese un hombre fuerte y véase como se las arregla para implantar sus gérmenes mentales en la mente de las masas, obligándolas así a pensar de acuerdo con sus deseos. Este es el porqué las masas son como rebaños de carneros, que nunca originan una idea propia ni emplean sus propios poderes y actividades mentales.

La manifestación del género mental puede notarse en todas partes diariamente. Las personas magnéticas son las que pueden emplear su principio masculino para imprimir sus ideas sobre los demás. El actor que hace reír o llorar a la concurrencia está haciendo uso de este principio.

Igualmente sucede con el orador, político, predicador o cualquier o cualquier otro que atraiga la atención pública. La influencia peculiar que ejerce un hombre sobre otro es debido a la manifestación del género mental según las líneas vibratorias ya indicadas. En este principio está el secreto del magnetismo personal, de la fascinación, etc., así como también de los fenómenos agrupados bajo el nombre de hipnotismo.

El estudiante que se ha familiarizado con los fenómenos generalmente denominados psíquicos habrá descubierto la importante parte que desempeña en los citados fenómenos esa fuerza que la ciencia llama

"sugestión", por cuyo término se indica el proceso o método por el cual

se transfiere una idea o se imprime sobre la mente de otro, obligando así a la segunda mentalidad a obrar concordantemente. Una verdadera comprensión de la sugestión es necesaria para comprender inteligentemente los varios fenómenos psíquicos a que la sugestión da origen. Pero aún es más necesario el conocimiento de la vibración y del género mental, porque todo el principio sugestivo depende de estos.

Los escritores sobre la materia de sugestión dicen que la mente objetiva o voluntaria es la que hace la impresión mental, o sugestión, sobre la mente subjetiva o involuntaria. Pero no describen el proceso ni indican alguna analogía mediante la cual sea más fácil comprender la idea. Si se contempla el asunto a la luz de las enseñanzas herméticas, se verá que la energetización del principio femenino por la energía vibratoria del masculino está de acuerdo con las leyes universales de la naturaleza, y el mundo natural ofrece innumerables analogías que facilitan la comprensión del principio. En realidad, la doctrina hermética afirma que la misma creación del universo obedece a dicha ley y que en todas las manifestaciones creadoras sobre los planos espiritual, mental, y físico, siempre está en operación el principio de género: la expresión de los principios masculino y femenino. "Como es arriba, es abajo; como es abajo, es arriba". Y aun más que esto: cuando se comprende este principio se es capaz de clasificar inteligentemente de inmediato los variados fenómenos psicológicos, en vez de quedarse confuso ante ellos.

El principio realmente trabaja en la práctica, porque está basado sobre las leyes universales e inmutables de la vida.

No entraremos ahora en una dilucidación detallada de los diversos fenómenos concernientes a la influencia mental o a la actividad psíquica.

Hay muchos libros, en su mayor parte muy buenos, que se han escrito últimamente sobre el asunto. Los hechos principales señalados en esas obras son exactos, aunque los diversos autores tratan de explicarlos por las diferentes teorías de su propia cosecha. El estudiante puede familiarizarse con estas materias, y utilizando la doctrina del género mental podrá coordinar convenientemente la masa caótica de teorías y enseñanzas en conflicto, y podrá, además, adueñarse completamente del asunto si a ello se sintiera inclinado. El objeto de esta obra no es el de dar una explicación extensa de los fenómenos psíquicos, sino más bien el de indicar sencillamente la clave maestra que abre las muchas puertas que conducen al Templo del Saber, si se desea explorar su interior. Creemos que al examinar las enseñanzas encerradas en *El Kybalion* es fácil encontrar la explicación de muchas dificultades que confunden. De nada sirve entrar en detalles referentes a las muchas características de los fenómenos psíquicos y mentales si al estudiante le son dados los medios para comprender el asunto que atrae su atención. Con la ayuda de *El Kybalion* se puede entrar en cualquier biblioteca, pues la antigua luz de Egipto iluminará las páginas confusas y los problemas obscuros. Éste es el verdadero objeto de esta obra. No venimos a exponer una filosofía nueva, sino a suministrar las bases fundamentales de la antigua enseñanza universal que esclarece todas las doctrinas, y que servirá para conciliar todas las teorías, por diferentes u opuestas que parezcan.

Capítulo XV

Axiomas herméticos

"La posesión del conocimiento, si no va acompañada por una manifestación y expresión en la práctica y en la obra, es lo mismo que el enterrar metales preciosos: una cosa vana e inútil. El conocimiento, lo mismo que la fortuna, deben emplearse. La ley del uso es universal, y el que la viola sufre por haberse puesto en conflicto con las fuerzas naturales."

El Kybalion

Las enseñanzas herméticas han sido cuidadosamente mantenidas en secreto, en el corazón de sus afortunados poseedores, por las razones ya expuestas, pero nunca se pensó en mantenerlas siempre así. La ley del uso está encerrada en dichas enseñanzas, como puede verse en el párrafo anterior. Si no se emplea y expresa, el conocimiento es una cosa vana que no puede aportar el menor beneficio a su poseedor ni a su raza.

Guardémonos de toda avaricia mental, y expresemos en la acción lo que hayamos aprendido. Estúdiense los axiomas y aforismos, pero practíquenselos también.

Damos a continuación algunos de los más importantes axiomas herméticos, tomados de *El Kybalion*, con algunos comentarios agregados.

Que cada uno los haga suyos y los practique y emplee, porque nunca serán realmente una posesión propia hasta que se los haya llevado a la práctica.

"Para cambiar vuestra característica o estado mental, cambiad vuestra vibración."

Uno puede cambiar sus vibraciones mentales, mediante un esfuerzo de la voluntad, fijando la atención deliberadamente sobre el estado deseado.

La voluntad es la que dirige a la atención, y ésta es la que cambia la vibración. Cultívese el arte de estar atento, por medio de la voluntad y se habrá resuelto el problema de dominar las propias modalidades y estados de la mente.

"Para destruir un grado de vibración no deseable, póngase en operación el principio de polaridad y concéntrese a la atención en le polo opuesto al que se desea suprimir. Lo no deseable se mata cambiando su polaridad."

Ésta es una de las más importantes fórmulas herméticas y está basada sobre verdaderos principios científicos. Ya se indicó que un estado mental y su opuesto eran sencillamente dos polos de una misma cosa, y que mediante la transmutación mental esa polaridad podía ser invertida. Los modernos psicólogos conocen ese principio y lo aplican para disolver los hábitos no deseables, aconsejando a sus discípulos la concentración sobre la opuesta cualidad. Si uno tiene miedo, es inútil que pierda su tiempo tratando de matar el miedo, sino que debe cultivar el valor, y entonces el miedo desaparecerá. Algunos autores han expresado esta idea, ilustrándola con el ejemplo de una habitación oscura. No hay que perder el tiempo tratando de arrojar afuera a la oscuridad, sino que es muchísimo mejor abrir las ventanas y dejar entrar la luz, y la oscuridad desaparecerá por sí sola. Para matar una cualidad negativa es necesario concentrarse sobre el polo positivo de esa misma cualidad, y las vibraciones cambiarán gradualmente de negativas en positivas, hasta que finalmente se polarizará en el polo positivo, en vez de estarlo en el negativo. La inversa es también verdad, porque muchos han encontrado el dolor por haberse permitido vibrar demasiado constantemente en el polo negativo de las cosas. Cambiando la polaridad pueden dominarse las modalidades y estados mentales, rehaciendo toda la disposición propia y construyendo así el carácter. Mucha parte del dominio que los herméticos avanzados poseen sobre su mentalidad es debida a la inteligente aplicación de la polaridad, que es uno de los más importantes aspectos de la transmutación mental. Recuérdese el axioma hermético, citado anteriormente, que dice:

"La mente, así como los metales y los elementos, puede transmutarse de grado en grado, de condición en condición, de polo a polo, de vibración en vibración."

Dominar la polaridad significa dominar los principios de la transmutación o alquimia mental; porque, salvo que se adquiera el arte de cambiar la propia polaridad, no se podrá afectar el ambiente que nos rodea. Si comprendemos ese principio podemos cambiar nuestra propia polaridad, así como la de los demás, siempre que dediquemos a ello el tiempo, el cuidado, el estudio y la práctica necesarios para dominar ese arte. El principio es verdad, pero los resultados que se obtienen dependen de la persistente paciencia y práctica del estudiante.

"El ritmo puede neutralizarse mediante el arte de la polarización."

Como ya explicamos en los capítulos anteriores, los herméticos sostienen que el principio del Ritmo se manifiesta en el Plano Mental, así como en el Plano Físico, y que la encadenada sucesión de modalidades, sentimientos, emociones y otros estados mentales, son debida al movimiento oscilante del péndulo mental, que nos arrastra de un extremo a otro. Los herméticos enseñan además que la ley de la neutralización nos capacita, en gran extensión, a sobreponernos a la operación del Ritmo en la conciencia. Como ya hemos explicado, existe un plano de conciencia superior, así como uno inferior, y el maestro, elevándose mentalmente al plano superior, hace que la oscilación del péndulo mental se manifieste en el plano inferior, mientras él permanece en el otro, librando así su conciencia de la oscilación contraria.

Ésta se efectúa polarizándose en el Yo Superior, elevando así las vibraciones mentales del Ego sobre el plano de conciencia ordinario. Es lo mismo que levantarse por encima de una cosa y permitir que ésta pase por debajo. El hermético avanzado se polariza en el polo positivo de su ser, el YO SOY, más bien que en el polo de su personalidad, y, rehusando y negando la operación del Ritmo, se eleva sobre su plano de conciencia, permaneciendo firme en su afirmación de ser, y la oscilación pasa en el plano inferior, sin cambiar para nada su propia polaridad. Esto lo realizan todos los individuos que han alcanzado cualquier grado de dominio propio, comprendan o no la ley. Esas personas rehúsan sencillamente el dejarse arrastrar por la oscilación, y afirmando resueltamente su superioridad permanecen polarizados positivamente. El maestro por supuesto, alcanza un mayor grado de perfeccionamiento porque comprende perfectamente la ley que está dominando con la ayuda de una ley Superior, y mediante su voluntad adquiere un grado de equilibrio y firmeza casi imposible de concebir por los que se dejan llevar de un lado a otro por las oscilaciones de la emotividad.

Recuérdese siempre, sin embargo, que el principio del Ritmo no puede ser destruido, porque es indestructible. Sólo es posible sobreponerse a una ley equilibrándola con otra, manteniéndose así el equilibrio. Las leyes del equilibrio operan tanto en el plano mental como en el físico, y la comprensión de esas leyes le permiten a uno sobreponerse a ellas, contrabalanceándolas.

"Nada escapa al principio de causa y efecto, pero hay muchos planos de Causalidad y uno puede emplear las leyes del plano superior para dominar a las del inferior."

Comprendiendo la práctica de la polarización, el hermético se eleva al plano superior de causalidad, equilibrando así las leyes de los planos inferiores. Elevándose sobre el plano de las causas ordinarias se convierte uno, hasta cierto punto, en una causa, en vez de ser un simple efecto. Pudiendo dominar los sentimientos y modalidades propias, y neutralizando el ritmo, se puede rehuir gran parte de las operaciones de la ley de causa y efecto en el plano ordinario. Las masas se dejan arrastrar, obedeciendo al ambiente que las rodea, a las voluntades y deseos de algunos hombres más fuertes que ellas, a los efectos de las tendencias heredades o a las sugestiones u otras causas exteriores, no siendo más que simples fichas en el tablero de ajedrez de la vida.

Elevándose sobre esas causas, los herméticos avanzados buscan un plano de acción mental superior, y dominando sus propias cualidades, se crean un nuevo carácter, cualidades y poderes, mediante los cuales se sobreponen a su ambiente ordinario, haciéndose así directores en vez de dirigidos. Esos individuos ayudan a la realización del juego de la vida conscientemente, en vez de dejarse mover por influencias, poderes o voluntades externas. Emplean el principio de causa y efecto en vez de dejarse dominar por él. Por supuesto, aun los seres más elevados están sujetos a este principio según se manifiesta en los planos superiores, pero en los inferiores son señores y no esclavos. Según dice *El Kybalion*:

"El sabio sirve en lo superior, pero rige en lo inferior. Obedece a las leyes que están por encima de él, pero en su propio plano y en las que están por debajo de él, rige y ordena. Sin embargo, al hacerlo, forma parte del principio en vez de oponerse al mismo. El sabio se sumerge en la Ley, y comprendiendo sus movimientos, opera en ella en vez de ser su ciego esclavo. Semejantemente al buen nadador, va de aquí para allá, según su propia voluntad, en vez de dejarse arrastrar como el madero que flota en la corriente.

Sin embargo el nadador, el sabio y el ignorante, están todos sujetos a la ley. Aquél que esto comprenda va en el buen camino que conduce a la Maestría."

Para concluir, recordamos nuevamente el axioma hermético que dice que:

"La verdadera transmutación hermética es un arte mental".

En dicho axioma el hermético indica que el ambiente externo se influencia mediante el poder de la mente. El Universo, que es totalmente mental, puede ser solamente dominado mediante la mentalidad. En esta verdad se encontrará la explicación de todos los fenómenos y manifestaciones de los diversos poderes mentales que tanto están atrayendo la atención actualmente, en pleno siglo XX. Tras toda la enseñanza dada por las diversas escuelas o religiones, yace siempre constantemente el principio de la substancialidad mental del Universo. Si éste es mental, en su naturaleza intrínseca, fácilmente se deduce que la transmutación mental debe modificar y transformar las condiciones y los fenómenos del Universo, y que la mente debe ser el mayor poder que pueda afectar sus fenómenos. Si se comprende esta verdad, todos los llamados milagros y maravillas dejarán de tener punto alguno oscuro, porque la explicación es por demás clara y sencilla.

"El TODO es MENTE; el Universo es mental."

El esoterismo es rico en palabras claves, símbolos y "esencias" conceptuales. Su transmisión, a través de las edades, implicó un esforzado aprendizaje, una memorización de significados, "acentos" y una persistente custodia de sus valores originales para que nada de lo preservado perdiera su color, su sabor, su propósito y su intensidad. Al amparo de tales premisas fue creciendo paulatinamente el árbol de la ciencia hermética que reconoce como sus raíces a *El Kybalion*. Y este último resumen de un conocimiento intemporal, encontró en Hermes Trismegisto a su más consumado mentor y mensajero. En estas páginas redactadas con hondura y exactitud por tres iniciados, es posible pasar revista a tópicos realmente sapienciales sobre la filosofía oculta. Sus principios rectores (en los que el mentalismo, la correspondencia, la vibración, la polaridad, causa y efecto, y la generación juegan papeles preponderantes); la transmutación mental, la totalidad, el universo mental, la paradoja divina y los axiomas herméticos son tan sólo algunos de los temas tan bien expuestos aquí. *El Kybalion* es, pues, una exposición sincera y rotunda de los esquemas básicos del esoterismo, y como muy bien lo señalan los tres iniciados, no se proponen erigir un nuevo templo de la sabiduría, sino poner manos del investigador la llave que abrirá las numerosas puertas internas que conducen hacia el Templo del Misterio. Y, en rigor de la verdad, las muchas reediciones de esta obra, su constante renovación, a través de los distintos círculos herméticos del mundo en sus reflexiones, pláticas, conferencias y clases, son ratificación elocuentísima de las bondades de una doctrina que ilumina a la humanidad desde hace siglos.

9 789358 488135

Printed at Repro India Ltd.